요해단충록 7

遼海丹忠錄 卷七

《型世言》의 저자 陸人龍이 지은 時事小說, 청나라의 禁書

요해단충록 7

遼海丹忠錄 卷七

육인룡 원저 · 신해진 역주

보고사
BOGOSA

머리말

이 책은《형세언(型世言)》의 저자로 알려진 육인룡(陸人龍)이 지은 시사소설(時事小說) 〈요해단충록(遼海丹忠錄)〉을 처음으로 역주한 것이다. 청(淸)나라 건륭제(乾隆帝) 때 나온 〈금서총목(禁書總目)〉에 오른 작품으로서 8권 40회 백화소설이다. 중국과 한국에는 전하지 않고 일본 내각문고에 전하는 것을 1989년 중국 묘장(苗壯) 교수가 발굴하여 교점본을 발간함으로써 학계에 알려졌는바, 그가 소개한 글의 일부를 인용한다.

〈요해단충록〉은 정식 명칭으로 〈신전출상통속연의요해단충록(新鐫出像通俗演義遼海丹忠錄)〉이고 8권 40회이다. 표제에는 '평원 고분생 희필(平原孤憤生戲筆)'과 '철애 열장인 우평(鐵崖熱腸人偶評)'이라고 기록되어 있다. 첫머리에 있는 서문에는 '숭정 연간의 단오절에 취오각 주인이 쓰다.'라고 쓰여 있다. 오늘날까지 명나라 숭정 연간의 취오각 간본은 남아있다. 이 책의 작자인 고분생에 관하여 '열장인'과 관련된 동일인임이 명확한데, 곧 육운룡(陸雲龍)의 동생이다. 청나라 건륭 연간에 귀안 요씨가 간행한《금서총목(禁書總目)》에 〈요해단충록〉이 수록되어 있는데, 육운룡의 작품이라고 덧붙여 놓았다. 운룡은 취오각의 주인으로 자는 우후(雨侯)이고 명나라 말기의 절강성 전당 사람인데, 일찍이 〈위충현소설척간서(魏忠賢小說斥奸書)〉라는 소설을 지었다. 그렇지만 그 책의 서문에 '이는 내 동생의 〈단충록〉에서 말미암은 기록이다.'고 분명하게 말한 것은 작자가 운룡이 아니고 그의 동생임을 나타내지만, 이름은 자세히 밝히지 않았다. 그가 지은 소설 작품들을 통해 보건대, 그의 동생은 나라의 정치에 관심이 있어서 때때로 '자기

혼자서 세상에 대해 분개하는' '뜨거운 가슴을 지닌 사람'이라 하겠다. 책에는 간행한 년월 날짜가 없지만, 서문 말미에 기록된 '숭정 연간 단오절'은 혹시 경오(숭정 3년, 1630)의 잘못일 수도 있고, 아니면 경오년 단오일 수도 있다. 책의 서사가 원숭환이 체포되는 것에서 그쳤는데 그 사건은 3년 3월에 있었던 것이나, 원숭환이 그해 8월에 피살된 것은 언급하지 않고 있으므로 숭정 15년의 임오(1642)일 리가 없기 때문이다.(描壯,「前言」,《遼海丹忠錄》上,『古本小說集成』72, 上海古籍出版社, 1990, 1면.)

위의 글은 〈요해단충록〉의 서지상태를 비롯해 작자 및 창작연대를 알려주고 있다. 곧 육인룡이 1630년에 지은 것이라 한다.

이 소설은 1589년부터 1630년 봄에 이르기까지 후금(後金)의 흥기(興起)를 다루면서 사르후 전투, 광녕(廣寧)의 함락, 영원(寧遠)과 금주(錦州)의 전투 등 중대한 전쟁을 서술하여 당시 요동의 명나라 군인과 백성들이 피투성이 된 채로 후금군과 분전하는 장면을 재현했을 뿐만 아니라 명나라 말기 군정(軍政)의 부패, 명청 교체기의 변화무쌍한 세태를 반영하였다. 무엇보다도 가장 중요하게 다룬 것은 모문룡(毛文龍)의 일생이다. 모문룡은 나라가 위태로운 난리를 당했을 때 황명을 받들고 후금에게 함락되어 잃은 땅을 수복하고자 하였다. 해상을 경영하여 후금의 군대를 공격해 견제할 수 있는 중요한 무력의 발판을 마련했지만, 나중에 원숭환(袁崇煥)에게 유인되어 피살되었다. 이러한 모문룡의 공과에 대해서 명나라 말기부터 시비가 일어 결말이 나지 않고 분분하였는데, 그의 오명을 벗기기 위해 이 소설이 지어졌다고 한다.

한편, 양승민은 그 실상이 알려지지 않은 이 소설을 소개하고자 쓴 글(「〈요해단충록〉을 통해 본 명청교체기의 중국과 조선」, 『고전과 해석』 2, 고전문학한문학연구학회, 2007)에서 모문룡의 조선 피도(皮島: 假島) 주둔

당시 정황, 모문룡과 후금의 대결 국면, 조선과 후금의 관계, 모문룡 및 명나라 조정과 조선의 관계, 인조반정으로 대표되는 조선국 정세, 정묘호란 당시의 정황 등이 대거 서술되어 있어 한국의 연구자들이 논의할 필요가 있는 작품이라고 지적한 바 있다. 물론 이 소설은 기본적으로 주인공 모문룡을 미화하고 영웅화하면서 그의 공적을 찬양하여 억울한 죽음을 변호하고자 하는 작가의식을 보여준 것으로, 영웅을 죽인 부패한 명나라 조정을 비판하면서도 강한 반청의식을 드러낸 작품이라는 전제하에 지적한 것이다.

그렇지만 〈요해단충록〉은 8권 40회라는 대작인데다 백화문과 고문이 뒤섞여 있는 등 쉬 접근하기가 어렵다. 후금과 관련된 인명, 지명, 칭호 등이 음차(音借)되어 있어 더욱 그러하다. 그래서인지 몰라도 소개한 지가 10여 년이 지났지만 이 소설에 대하여 아직까지 제대로 된 논문이 나오지 않고 있는 실정이다. 이에 정밀한 주석을 붙이면서 정확한 번역을 한 역주서가 필요한 것임을 절감한다.

이제, 8권 가운데 그 일곱째 권을 상재하는바 나름대로 최선을 다하고자 했지만, 여전히 부족할 터이라 대방가의 질정을 청한다. 다만, 〈요해단충록〉에 대한 정치한 작품론이 치열하게 전개되는 데 이바지하기를 바랄 뿐이다.

끝으로 편집을 맡아 수고해 주신 보고사 가족들의 노고와 따뜻한 마음에 심심한 고마움을 표한다.

2019년 11월 빛고을 용봉골에서
무등산을 바라보며 신해진

차례

遼海丹忠錄 卷七

▌일러두기

이 책은 다음과 같은 요령으로 엮었다.

1. 번역은 직역을 원칙으로 하되, 가급적 원전의 뜻을 해치지 않는 범위 내에서 호흡을 간결하게 하고, 더러는 의역을 통해 자연스럽게 풀고자 했다.

2. 원문은 저본을 충실히 옮기는 것을 위주로 하였으나, 활자로 옮길 수 없는 古體字는 今體字로 바꾸었다.

3. 원문표기는 띄어쓰기를 하고 句讀를 달되, 그 구두에는 쉼표(,), 마침표(.), 느낌표(!), 의문표(?), 홑따옴표(‘ ’), 겹따옴표(“ ”), 가운데점(·) 등을 사용했다.

4. 주석은 원문에 번호를 붙이고 하단에 각주함을 원칙으로 했다. 독자들이 사전을 찾지 않고도 읽을 수 있도록 비교적 상세한 註를 달았다. 단, 원저자의 주석은 번역문에 ‘협주’라고 명기하여 구별하도록 하였다.

5. 주석 작업을 하면서 많은 문헌과 자료들을 참고하였으나 지면관계상 일일이 밝히지 않음을 양해바라며, 관계된 기관과 여러분들께 진심으로 감사드린다.

6. 이 책에 사용한 주요 부호는 다음과 같다.
    1) ( ) : 同音同義 한자를 표기함.
    2) [ ] : 異音同義, 出典, 교정 등을 표기함.
    3) “ ” : 직접적인 대화를 나타냄.
    4) ‘ ’ : 간단한 인용이나 재인용, 강조나 간접화법을 나타냄.
    5) 〈 〉 : 편명, 작품명, 누락 부분의 보충 등을 나타냄.
    6) 「 」 : 시, 제문, 서간, 관문, 논문명 등을 나타냄.
    7) 《 》 : 문집, 작품집 등을 나타냄.
    8) 『 』 : 단행본, 논문집 등을 나타냄.

역문

요해단충록 7

遼海丹忠錄 卷七

제31회

모유준은 철산의 관문에서 스스로 목 찔러 죽고,
모승록은 의주의 길목에서 오랑캐를 때려잡다.

有俊自刎鐵山關, 承祿扼虜義州道.

오랑캐의 기병들이 변경을 향해 이르니 | 虜騎向邊臨
깃발들이 햇빛을 가려서 어두워지고 있네. | 旗旌障日陰
창을 휘두르려 해도 남아도는 힘이 없고 | 揮戈無剩力
계책을 세우려 해도 마음이 시들려 하네. | 借箸欲枯心

옥루는 어찌 견고함 꺼릴 것이며 | 玉壘何嫌固
탕지는 어찌 깊은 것을 싫어하랴. | 湯池豈厭深
구원병은 아득히 어디에 머물러서 | 援師渺安駐
텅 빈 골짜기엔 온다는 소식만 무성한고. | 空谷足來音

　　　　　　이상은 근체시로 장수양(張睢陽: 장순)의 운을 쓴 것이다.

　나라가 비록 편안할지라도 전쟁을 잊으면 반드시 위험해지는 법이다. 당시 누르하치가 죽자, 조정의 안팎에서는 다시 잠시 쉴 수 있다는 마음이 있었고 또 더하여 인지상정으로 헤아려 말했다.
　"누르하치의 아들들이 반드시 끝내 칸의 자리를 다투어서 집안에서는 필시 싸움이 있을지니, 어찌 멀리까지 올 수 있으랴."
　때문에 관새(關塞: 산해관)에서 일찍이 나마승(喇嘛僧)을 가서 조문하도록 보내고 그들의 동정을 살피게 하였다. 누르하치의 아들이 이미 칸의 자리에 올라 무리가 모두 안정되었음을 알지 못한 것이었다. 저들의 교활함은 집안 대대로 전해졌으니, 도리어 빚을 내어 우리를 환대하면서 관새에 검은 여우 가죽과 인삼이며 담비 가죽 따위로 답례하였는데, 이렇게 정성스런 마음을 보여주어 관새로 하여금 서둘러 그들과 단절하지 못하게 한 것이다. 그러나 그들은 도리어 온통 철산(鐵山)과 운종도(雲從島: 椵島 또는 皮島) 일대에 마음이 있었다.

운종도는 앞에 서미도(西彌島)가 있고 뒤에 진주도(珍珠島)가 있으며, 육로로 철산까지 80리이고 수로로 철산까지 30리이고 의주(義州)까지 수로든 육로든 모두 160리이니, 원래 오랑캐와 멀지 않아 이러한 소식을 반드시 들어서 알 수 있었다. 11월에 이미 고향으로 돌아온 왕십록(王什祿)이 와서 보고하며 말했다.

"12월이면 누르하치의 아들 대왕자(大王子: 大貝勒 둘째아들 代善인 듯)가 육왕자(六王子: 塔拜)와 출병하여 영원성(寧遠城)을 침범해 소란을 일으킬 것인데, 다만 동방의 군대가 그들의 소굴을 짓이길까 두려워 먼저 군사를 일으켜서 압록강(鴨綠江)의 강변을 봉쇄하려 합니다."

또 보고했다.

"하서(河西)의 차관(差官)이 전에 가서 화약(和約: 우호관계)을 맺으면서 그들에게 은자(銀子)와 술그릇이며 무명 등을 위로하는 상으로 내려주자, 누르하치의 아들들은 서로 상의하며 '저들이 우리에게 보상을 하면 우리는 주저하지 않고 모두 거두어들이면 된다.'고 하였습니다."

모문룡 장군이 이러한 정보를 알고서 그들이 화해하는 척해 우리 군대의 사기를 누그러뜨리고는 그대로 갑작스럽게 쳐들어올까 염려하여 등래(登萊)의 무원(撫院)에 올리는 게첩(揭帖)을 잇달아 갖추어 관새(關塞: 산해관)를 엄히 방비하도록 알려주었다. 뜻밖에 누르하치의 아들 대왕자(大王子)가 동양성(佟養性)과 이영방(李永芳)과 계획을 세우며 말했다.

"관새는 이미 이전에 우호관계를 맺었으니, 그들은 결단코 갑자기 군사를 일으켜 요양(遼陽)을 침범해오지 않을 것이다. 하물며 병사를 일으키거나 무리를 동원하려면 또한 여러 날이 필요하거늘 그들이 동강(東江: 皮島)을 구원한다는 것은 거짓이니, 모문룡(毛文龍)이 노소(老巢: 老寨)의 신성(新城)에 가까이 다가오면 우리가 한번 움직여 관새를 침범하면 저들은 곧 허를 찔려 저들이 관새를 구원하러 온다는 것은 말이 될 것이다. 그러니 차라리 관새를 침범한다고 공언하고는 모문룡을 남몰래 습격하여 후환을 없애야 한다."

더구나 조선의 의주 절제사(義州節制使)가 말했다.

"모문룡 장군이 철산(鐵山)에 있는 뒤부터 의주는 노소(老巢)를 치러 가는 군대가 오가든지 요동의 백성들이 와서 머물든지 하여 소요가 쉴 새 없었다."

뜻이 누르하치의 군대에게 모문룡의 군대를 몰아 바다로 들여보내는 것을 요구하는 것이라면 안정을 얻을 것이요, 몰래 누르하치의 군대와 약조하여 만약 누르하치의 군대가 온다면 그들에게 길을 인도해주되, 다만 다른 지방을 죽이거나 해치지 않게 해야 하는 것이었다. 처음에 누르하치의 아들들은 여전히 조선인 그들에게 유인되는 것을 두려워하다가 나중에 말했다.

"모문룡은 우리가 결단코 대병력을 일으켜 무찔러 죽이려고 하는데, 만약 우리가 너희 의주 지방을 어지럽히지 않도록 바란다면, 너희는 수행원과 우리의 병마(兵馬)를 너희의 조선인으로 꾸며서 모문룡의 압록강 주변에 있는 둔보(屯堡)를 급습하게 하여야만 비로소 겨우 피할 수 있을 것이다."

의주의 절제사가 하나하나 받아들였다. 대왕자(大王子)와 육왕자(六

王子)가 각기 4만의 인마(人馬)를 거느려 모두 8만이 아주 캄캄한 밤에 급히 달려왔다.

이때가 2월 14일로 모문룡 장군은 마침 운종도(雲從島)에 있었다. 이쪽에서 누르하치 군대의 전초병(前哨兵)이 이미 조선인으로 꾸며 연도 일대의 발야(撥夜: 정탐꾼)를 모조리 죽일 자는 죽이거나 사로잡을 자는 사로잡았고, 바로 뒤에 발야 도사(撥夜都司) 모유준(毛有俊)을 사로잡아 대왕자(大王子)에게 압송하였다. 대왕자가 포박한 것을 풀어주라고 하면서 그에게 충분히 물어보며 말했다.

"그대가 모가(毛家: 모문룡)의 가정(家丁)인가? 그대는 모문룡이 어디에 있는지 알고 있는가? 그대가 나를 모문룡에게 데려가서 사로잡을 수 있도록 한다면, 나는 바로 그대를 철산(鐵山)에서 총병(總兵)을 할 수 있도록 해주겠다."

모유준이 말했다.

"모문룡 장군께서는 나의 은인이신 분이거늘, 내가 당신을 데리고 가서 그 분을 해치도록 한단 말이오!"

말을 마치고 나서, 그는 스스로 따르지 않으면 반드시 해를 입을 줄 알고 급히 옆에 있는 달자(韃子)의 칼을 빼앗아 목구멍 아래를 찌르고 죽었다.

수년 동안 보살핌을 입었으니	數年蒙卵翼
마음속에 깊은 은혜 새겼었네.	方寸銘恩深
위험 당해 죽는 것을 아끼어서	肯惜臨危死
두 마음 품었다고 비웃게 하랴.	令人笑二心

대왕자(大王子)가 모유준(毛有俊)이 자결하는 것을 보고 말했다.

"철산(鐵山)과 운종도(雲從島)를 때려 부수면 응당 모문룡이 있을 터인데, 내가 하필 그를 핍박했던 말인가."

마침내 병사들을 이끌고 철산의 관문(關門)을 공격하였다. 관문에서 수비하고 있던 도사(都司) 유문거(劉文擧)가 서둘러 화기(火器)를 발사했지만 그에게 사람이 많지도 않았고 또한 모두 관문으로만 통하지도 않았으니, 대왕자의 병사들이 구멍 바위를 통해 고개를 넘어 모두 이미 철산에 이르러 총진부(總鎭府)를 둘러싸고 곳곳으로 여기저기 모문룡 장군을 찾아 다녔다. 유문거 도사는 버티지 못할 것을 알고도 죽기를 각오하고 싸울 뿐 달아나지 않았다. 대왕자가 투항을 권유해도 또한 따르려고 하지 않아 끝내 죽임을 당하였다.

몸소 호표의 험한 관문을 지키며	身當虎豹關
홀로 웅비의 힘찬 기상을 펼쳤도다.	獨作熊羆氣
감히 더럽고 욕되게 살 것이랴	肯爲汶汶生
열렬히 죽는 것을 달게 여길망정.	甘作烈烈死

산속으로 병사와 백성들이 어지러이 도망쳐 숨으니, 누르하치의 아들들은 모두 살상하지 않으며 말했다.

"나는 단지 모문룡만 잡으면 되니, 너희들은 각자 편안히 생업을 하라."

다만 불러다가 어루만질 뿐 한 사람도 해치지 않았다. 15일에 대왕자(大王子)는 또 먼저 병사 4만 명을 이끌고 운종도(雲從島: 피도 또는 가도)를 향하여 왔다. 모문룡 장군은 철산(鐵山)이 이미 함락된 것을 알고서 한편으로 병력을 나누어 피도(皮島)를 막아 지키며 다른 한편으로 병사들을 스스로 거느리고 길목을 점거하고서 번갈아 화기(火器)를 쏘아댔다. 오랑캐의 군대가 얼음을 타고 수로와 육로를 통해 두 곳으로 일제히 나아오자, 모문룡 장군이 운종도(雲從島)의 병마(兵馬)를 빈틈없이 배치하고 그들과 서로 싸우니 상호간에 살상자가 생겼다. 모문룡 장군이 몸소 장수와 병사들의 앞에 서서 이끌다가 좌우 어깨와 몸에 화살 세 대를 맞았으나, 모문룡 장군은 여전히 감히 자신의 임무를 소홀하지 않았다. 한창 서로 싸우고 있을 때 단지 싸우는 소리만 들리는 곳에 비바람이 거세게 몰아치더니, 서남쪽의 바다 속에서 검은 용 한 마리가 날아올라 왔다.

검은 구름 백 장이나 굽이치고	宛轉玄雲百丈
검은 안개 한 줄기가 꿈틀대네.	蜿蜒墨霧一行
비늘이 옻칠한 듯 갈대밭에 빛나고	鱗如點漆耀寒芒
반양산의 바람과 물결을 쳐올리네.	掀起半洋風浪

칠흑의 어두움은 바로 북방 색인데	黯黯北方正色
너울너울 동해물이 치솟아 오르네.	翩翩東海飛揚
맑은 물결 서로 비추니 곱절 빛나고	清波相映倍生光
갈기 세우니 높은 하늘로 곧장 치솟네.	奮鬣雲霄直上

생각건대 대포소리를 듣고서 우레가 요동치는 것으로 잘못 알고 마침내 바다 밑에서 날아오르자 얼음이 모두 갈라지면서 빙글빙글 도는 얼음덩어리를 띠고 있어, 마치 비처럼 오랑캐 병사들의 머리 위로 내리쳤다. 오랑캐의 군대는 할 수 없이 잠시 철수하여 운종도(雲從島)를 마주하고 주둔하였다. 모문룡 장군은 내정 도사(內丁都司) 모유덕(毛有德)·모유견(毛有見)과 참장(參將) 우경화(尤景和)에게 각기 병사 1천 명을 이끌고 밤을 틈타 오랑캐의 각 진영(陣營)을 공격하도록 분부하였다. 세 장령(將令)은 각자 화기(火器)와 총포(銃砲)를 가지고 살그머니 섬을 나가 불시에 습격하였다. 과연 정말로 오랑캐의 군대는 자기의 병사들이 많은 것을 믿고서, 모문룡의 군대는 병사들이 적어서 부득

불 스스로를 지키기만 할 뿐 감히 다른 곳으로 출병할 수가 없다고 여겨 방비하지 않고 있다가 세 장령(將令)이 이끈 병사들이 쳐들어와서 제멋대로 활개를 치자, 오랑캐의 진영 안에서는 뜻밖의 공격으로 오랑캐 병사 수천 명이 타살될 수밖에 없었다. 모유덕과 모유견이 혼란한 틈을 타서 대왕자(大王子)를 취하려고 오랑캐 진영으로 깊숙이 들어갔다가 오랑캐들이 화살을 모아잡고 번갈아 쏘는 바람에 각각 수십 발의 화살을 맞고 오랑캐 진영에서 죽었으며, 세 방면의 병사들도 모두 타격을 받았지만 700명보다 많은 병사들이 퇴각해 돌아왔다.

16일, 대왕자(大王子)가 노하고서 급히 육왕자(六王子)의 군대를 한꺼번에 오도록 징발해 반드시 이 섬을 쳐부수고 모문룡 장군을 사로잡으려 하였다. 모문룡 장군은 결사적으로 지켜 적들로 하여금 침입할 수 없도록 하였지만, 적병의 기세는 큰데 들어온 병사들을 나누어 보냈기 때문에 지키는 세력이 고립되어 인심이 요동치는 것을 면할 수 없었다. 섬 안에는 이전에 투항해온 오랑캐 천여 명이 있었는데, 모문룡 장군은 건장하고 용맹한 자들을 자신의 휘하에 받아들여서 장막을 친 방의 앞뒤에 유숙하게 하였다. 또 여러 곳의 전쟁에서 사로잡은 달적(韃賊)들도 천여 명에 모자라지 않았는데, 그 속에 있던 몇 명의 투항 오랑캐들이 모문룡 장군의 휘하에 있던 투항 오랑캐들과 약속하였으니, 야간에 불을 놓아 집을 불태우면 그때를 틈타서 지난번 사로잡은 달자(韃子)들을 풀어놓아 합세해 관문을 부수고 노추(奴酋)가 섬에 들어오도록 열어젖히자며 꾀를 내었다. 그러나 모문룡 장군은 여전히 이를 알지 못하고 있었다. 몇 명의 내정(內丁)들은 투항 오랑캐들이 모두 갑옷을 입고 뒤이어 무기를 찾고 있는 것을 보고서 사태가 의심스러워 황망히 모문룡 장군에게 달려와 보고하였다. 모문룡 장군이 말했다.

"그들은 나를 위해 출전하려는 것이다."

그리고는 곧바로 투항 오랑캐의 두목을 불렀다. 단시간에 대일곱 명의 두목들이 와서 보자, 모문룡 장군이 말했다.

"사흘에서 닷새 사이에 너희들이 싸우러 나가면 나는 매일 너희들에게 술 한 병과 고기 한 근씩 주도록 하였는데, 그런 일이 있었느냐?"

대답하여 말했다.

"없었나이다."

모문룡 장군이 곧 크게 노하여 관리관(管理官)을 부르니, 관리관이 큰 소리로 말했다.

"그들이 고의로 장수의 명을 어겨서 술과 고기를 삭감하였사옵니다."

그 관리관이 재삼 변명한 내용은 많은 사람들이 섬 안에서 일시에 천여 병의 술과 천여 근의 고기를 요구했지만 얻을 수 없었다는 것이다. 그러나 모문룡 장군은 다시 그가 여쭙지 않는 것을 말하고 세세하게 일을 처리하면서 그 관리관을 곤장 30대를 때렸다. 그리고 각 장수들에게 나누어 할당하여 관리하도록 하였는데, 한 장수가 20명씩 관리하되 휘하에 거느린 저 투항 오랑캐들을 모두 이동시켜 분리시키고, 또 몰래 분부하여 야간에 참수하도록 하였다. 17일 밤이 되자, 이 투항 오랑캐들이 불을 붙여 가옥을 태우고 고함을 지를 때 아무도 응하는 자가 없어 모두 사로잡혔다. 모문룡 장군은 또 사로잡혀 온 오랑캐들이 좋지 못한 일을 만들까 염려하여 모두 베어 죽이니, 운종도(雲從島)는 이때부터 아무 일도 없게 되었고 변고가 생길까 걱정하지 않아도 되었다. 서로 대치한 지 사흘이 되자, 누르하치의 아들 대왕자(大王子)는 승리할 수 없다고 여기고 부득불 물러나 되돌아왔다.

묵적의 수비책 뜻밖으로 기이하니	墨翟守偏奇
공수반의 계책 시행할 수가 없네.	公輸計莫施
사람 화합하고 지세까지 험하나니	人和地逾險
철산을 향하여 엿보지 말지어다.	休向鐵山窺

　그리고 선천(宣川)에 진을 치고서 조선(朝鮮)이 그들을 구슬려 오게 했지만 모문룡 장군을 사로잡지 못하게 되자 대노하여 조선의 지방을 살육하고 약탈하였다. 20일에 조선의 곽산(郭山)을 공격해 함락시켜서 조선의 병마(兵馬) 6,7만을 죽이고 식량 백여 만 석을 불살랐다. 또 안주(安州)를 공격하려고 가다가 의주(義州)에 도착하여 의주 절제사(節制使: 남이흥)를 죽였다. 이것이 바로 뱀을 부르기는 쉬워도 뱀을 보내기는 어렵다는 것이니, 남을 해치려다 도리어 자신을 해친 것이라 하겠다. 조선이 전라도, 경기도, 평안도, 함경도, 황해도에 각각 군대를 주둔시켰는데 험지에 웅거하여 스스로 지키면서 또한 오랑캐의 군대와 서로 대치하니, 오랑캐의 군대가 나아가 깊숙이 들어갈 수 없었다. 모문룡 장군은 오랑캐도 조선(朝鮮)을 어찌할 수가 없었고, 조선도 불길이 몸에 닿으면 꺼버리지 않을 수 없는데 오로지 오랑캐가 피폐해지기를 틈타 그들을 무찌르려고 하는 것을 알고는 유격(遊擊) 곡승은(曲承恩)에게 명령을 전하여 오룡강(烏龍江: 五龍江의 오기)과 압록강(鴨綠江)의 얼음을 모조리 두들겨 깨서 강의 선박들이 모두 마음대로 다니지 못하게 해 구원병이 지원할 수 없게 하라 하였는데, 바로 두 왕자가 돌아갈 수 없게 하려는 것이었다. 또한 도사(都司) 모유시(毛有詩)를 시켜 철산(鐵山)과 선천(宣川)의 패잔병과 말을 수습해 철산을 단단히 지키게 하고, 자신은 진계성(陳繼盛)·항선(項選)·모승록(毛承祿)을 데리고서 각각 지름길로 질러 곳곳에 나가 기회를 엿보아 공격하였다. 그리

고 거듭 등래(登萊) 무원(撫院)에 급히 보고하여 말했다.

"오랑캐의 정예군 8만 명이 모두 조선(朝鮮)에 막혀 돌아오지 못해 요양(遼陽)의 사왕자(四王子) 부하들이 텅 비었습니다. 관새(關塞: 산해관)가 즉시 출병하여 쳐 없애기에 적당하니, 형세상 반드시 이길 수 있사옵니다."

또한 상소하여 군대의 양식을 보급해주도록 청하였다. 여러 번 성지(聖旨)를 받들었는데, 등래(登萊)의 무원(撫院)은 수군을 일으켜 동강(東江: 피도)을 구원하여 앞뒤에서 협공할 수 있는 형세를 이루도록 하라 하였다. 또 모문룡 장군은 기회를 엿보아 조선을 응원하고 이전의 갈등을 생각지 못하게 해 대계(大計)를 그르치지 않도록 하라 하였다. 군대의 양식은 등래의 무원이 임시로 등주(登州), 청주(靑州), 내주(萊州) 세 고을의 창고에 비축되어 있는 곡식을 싣고는 바람을 타고 서둘러서 배를 띄우도록 지원하라 하였다. 또 몰수한 재산을 풀어 병사들의 사기를 격려할진대, 속히 초황(硝黃: 炒黃)을 사주어 군대의 함성을 크게 떨치도록 하라 하였다.

원숭환(袁崇煥) 순무(巡撫)도 역시 성지(聖旨)가 엄하니, 먼저 수병 도사(水兵都司) 서용증(徐勇曾)을 선봉으로, 장빈량(張斌良)을 중군(中軍)으로, 임저(任羴)를 후경(後勁: 후군)으로 삼아 각기 배 20척과 병사 500명을 주고는 허세를 부리며 도와주라 하였다. 또 관녕철기(關寧鐵騎)에서 뽑아낸 정예병 9천 명을 주고는 좌보(左甫)를 선봉으로, 조솔교(趙率敎)를 중군으로, 주매(朱梅)를 후군으로, 필자숙(畢自肅)을 감군(監軍)으로 삼아 삼차하(三岔河)에 바싹 진격해 저들의 소굴을 짓이겨놓겠다고 큰 소리치도록 하였다.

저쪽에서는 모문룡 장군이 거느린 장수들 가운데, 모승록(毛承祿)은 조선(朝鮮)과 협공하여 오랑캐의 군대를 의주(義州)에서 대패시켰다. 진

계성(陳繼盛)은 오랑캐의 군대가 소굴로 되돌아가는 것을 엿보고 안정
관(晏廷關)을 거치자 후미에서 공격하여 오랑캐의 군대를 대패시켰다.
항선(項選)은 복병을 철산(鐵山)에 배치해두고 오랑캐의 군대가 밤에 이
르기를 기다렸다가 그들에게 대포를 일제히 쏘아 달적(鞑賊)을 무수히
죽였으며, 약탈해 가던 조선인과 가축, 금은과 비단 등을 모두 도로
빼앗았으며, 각 수군들은 또 압록강을 건널 때 오랑캐의 군대가 반쯤
건넌 것을 차단하여 또한 완전한 승리를 거두었다. 이 전쟁에서 비록
모문룡 장군이 크게 패배를 당했지만 누르하치의 아들 대왕자(大王子)
도 크게 군사와 말을 잃었으니, 승부는 실로 두 편이 엇비슷하였다.

　누르하치를 하늘이 죽였거늘 그 역적의 자식이 칸(汗)을 이어 일어
났으니, 이때에는 반드시 한 차례 제도를 바꾸고 떨쳐 일어나려는 움
직임이 있게 된다. 이를테면, 모문룡의 군진(軍鎭)이 위급한 철산(鐵山)
과 운종도(雲從島)의 결사대를 이동시켜 신성(新城)과 노채(老寨) 사이
에서 죽게 하였고, 원숭환(袁崇煥) 순무(巡撫)도 역시 동강(東江)의 해상
과 육지를 구원토록 하여 삼차하(三岔河)의 동쪽에 수륙(水陸)으로 함
께 나란히 진격하게 하였고, 등래(登萊) 무원(撫院)이 진수(鎭守)들을 각
섬에서 모아 남위(南衛)의 여러 땅을 점령하게 하였는데, 하나의 그물
을 열어 동양성(佟養性)과 이영방(李永芳)을 용서하며 하동(河東) 이외를
갈라서 투항 오랑캐들을 분열시키고 왕세충(王世忠)에게 북관(北關) 회
복하는 일을 잇게 하였으니, 누르하치의 아들 가운데 진정(眞情: 투항)
을 보내오는 자가 있었으면 또한 건주(建州)를 나누어 우두머리가 될
수 있었겠지만, 누르하치의 아들은 투항 않고 곧 달아났다. 그러한 후
에는 청하(淸河)와 무순(撫順)에 강력한 군대를 주둔시키고서 다시 한
부대의 병사를 일으켜 왕세충(王世忠)이 북관(北關) 회복하는 것을 도와

주었지만, 산해관(山海關)과 영원(寧遠)의 모든 병력을 요양(遼陽), 심양(瀋陽), 개원(開原), 철령(鐵嶺)에 나누어 주둔시키고 동강(東江)의 모든 병력을 사위(四衛)와 진강(鎭江)에 나누어 주둔시켰으면 간혹 양하(兩河: 하남과 하북)를 견고히 하는 방책이었으리라. 어찌하여 정벌 전쟁의 피해가 여기서 날 줄 모르고, 도리어 철산(鐵山)이 궤멸된 것이며 영원(寧遠)과 금주(錦州)가 방어된 것만 연연하였단 말인가. 두 사람은 나중에 해도 될 버티어내는 것만 알았지 먼저 해야 할 것을 알지 못했으니, 나는 이 기회가 매우 애석하다.

철산(鐵山)에서 일을 그르친 것은 마침내 소략하게 기록하지만, 단지 가정(家丁)들 가운데 이 일에 목숨 바친 사람이 많은 것은 또한 선비를 양성한 보답을 본 것이리라.

제32회

백성의 해를 없애려 반적을 즉시 참수하고,
충성심으로 가가고산을 묶어 압송하다.

除民害立斬叛賊, 抒丹心縛送孤山.

전쟁이 그친 운종도엔 탄식 금치 못하고 | 戰歇雲從嘆不禁
쇠약한 병사 말라버린 군마 모두 슬프네. | 凋殘士馬盡悲吟
위급한 상황 타개는 끝내 영웅의 일이니 | 扶危終是英雄事
변치 않는 열사와 의협의 마음이 늘 있네. | 不轉常存烈俠心

거짓말로 화답하는 소리 절로 수다스럽노니 | 佞舌關關聲自絮
일편단심 암담하나 올바른 도리는 아직 깊네. | 丹衷黯黯誼猶深
곤란과 위험 두루 겪었다고 예나 제나 다르랴 | 艱危歷試渾無二
확고한 지조 응당 같으니 백번 정련된 쇠로세. | 堅確應同百鍊金

예로부터 내려오는 영웅을 늘 살펴보노라면, 남을 배반하려고 하지 않은 사람은 한신(韓信)이다. 그는 한왕(漢王: 유비)의 큰 은혜에 감격하여 비록 그에게 천하를 삼분해 차지하도록 했지만 또한 따르지 않았다. 그러나 당시 한신은 이미 삼제(三齊)를 얻은 때로 계책이 궁하고 힘이 다한 때가 아니라서 굴복하지 않는 것도 어려운 일로 여기지 않았다. 만일 계책이 궁하고 힘이 다한 때에 이르러 굽혀야 하는 경우에 한낱 완곡하게 굽히지 않겠다는 뜻을 덧붙이고자 한다면, 운장공(雲長公: 관우)이 처음에는 한왕(漢王: 유비)에게 굽히고 조조(曹操)에게 굽히지 않다가 결국에는 조조를 버리고 한왕에게 돌아온 것보다 나은 것이

없다. 그렇지만 나는 이 대목에서 진실로 운장공의 충성스런 절개가
민멸되지 않음은 또한 하늘이 도운 것이라고 생각한다. 설령 한낱 정
세가 공교롭지 못해서 그의 뜻을 펼칠 수가 없었다고 한다면, 이후에
어느 누가 그를 위해 그의 마음을 표명할 수 있겠는가! 이릉(李陵) 같
은 경우는 전쟁에 패하자 흉노에게 항복하였는데, "내가 죽지 않는 것
은 장차 큰일을 하려는 것이다."라고 하였지만, 누가 그 말을 믿겠는
가. 그러므로 위대한 영웅은 사람이 결심이 확고하고 보는 것이 명확
하여 복잡하고 처리하기 곤란한 일을 만날 때면 날카로운 칼을 보일
뿐이니, 다만 힘을 다해 싸우다가 죽을 뿐 두 마음을 품지 않는다.

　모문룡 장군은 당시 운종도(雲從島)의 전투에서 뒤에 비록 오랑캐의
돌아가는 군대를 저지하고 승리한 적도 있었다. 그러나 당시 오랑캐
군대의 세력이 커서 인심이 요동치자 선천(宣川)을 구원하러 보내기
위해 차출한 가정(家丁)은 도사(都司) 모영현(毛永顯)으로, 그는 모문룡
장군을 아랑곳하지도 않고 자신이 거느렸던 천 명의 병사들도 내팽개
치고서 가족과 병정 등 200여 명을 데리고 여순(旅順)을 향해 도망갔
다. 평소에는 아비와 자식같이 지냈으면서도 위급한 재난이 생기자
길가는 사람처럼 낯선 사람이 된 것이다. 그때까지 섬을 지키던 책임
자가 참장(參將) 고만중(高萬重)이었는데, 그는 섬 안에 있으면서 풍문
으로 철산(鐵山)이 함락되었다는 것을 들었다. 그래서 그는 중군(中軍)
유장(劉璋)에게 섬 안을 하나도 남기지 말고 깨끗하게 수습하도록 했
을 뿐만 아니라 지봉고(池鳳羔)·고수무(高豎武)의 부녀자와 재산을 모
두 차지하였으니 부녀자가 모두 50여 명이었고 화물이 두 척의 배에
실을 수 있었는데, 더하여 상인들이 추위를 무릅쓰며 지킨 쌀을 모두
가지고 갈 양식으로 나누어 주고서 마침내 등주(登州)로 도망갔다. 그
외에 또한 이광(李鑛)·이월(李鉞)·정계괴(鄭繼魁)·마승훈(馬承勛)이 있

었는데, 혹 전쟁에 나갔다가 병사들을 버리고 도망가거나, 혹 신수(汛水: 八渡河)를 지키다가 땅을 버리고 도망가고 말아서 각기 서로 돌보지 않았다. 모문룡 장군은 할 수 없이 군법에 따라서 일을 처리하여 도망하다가 다른 사람에게 잡혀온 자 4명을 베고, 군인들에게 호령하여 헛소문으로 사람들을 현혹케 한 자의 귀를 자르게 하자, 인심이 점차 안정되었다. 그러나 의주(義州) 일대는 수보관(守堡官)이 모두 살해되었으며, 철산(鐵山)·선천(宣川)은 모두 함락되고 백성들이 도망쳐 뿔뿔이 흩어지고 식량도 남아있지 않았으며, 운종도(雲從島)·피도(皮島)는 비록 격파되지 않았어도 투항 달자(投降韃子)들이 일부러 불을 질러 양식을 태우는 바람에 식량이 부족했지만 각처의 객상(客商)들이 모두 병란의 소식을 듣고 감히 오지 않았다. 남아 있던 진계성(陳繼盛)·모승록(毛承祿)은 이와 관련한 환난을 마다않고 다만 섬에 있던 객상들에게 약간의 콩과 밀을 빌려 배를 채우려 해도 콩과 밀이 또 부족하자, 다시 또 죽은 소와 말의 고기로 배를 채웠다.

들자니 그물로 잡은 참새 배부르기 어려운데	窮聞羅雀難充食
변란이 닥쳐서 아이까지 삶았지만 배고프다네.	變至烹童未解饑
곧은 마음 굳게 견뎌내고 지킬 줄 믿었는지라	恃有貞心堪固結
죽음의 문턱에서도 생사를 같이하는 것쯤이야.	任敎濱死也相依

　가련하게도 그 당시에 모문룡 장군이 가시덤불을 베어 밭을 일구고 참호를 파서 보(堡: 작은 요새)를 세우며 개척해 만든 곳과, 밥을 나누어 주고 옷을 벗어주며 먼 지방의 사람들을 부드럽게 대하고 가까운 지방의 사람들을 어루만지고서 불러 모은 백성들이 모두 짓밟히고 약탈을 당하여 죄다 황량한 광경으로 변하였다. 노추(奴酋: 홍타이지)가 모문룡이 곤궁하다는 것을 알고 그를 투항시키려 하였는데, 만약 그가 기꺼

이 연합하고 화친해 내환(內患)이 없게 된다면 오로지 영원(寧遠)과 금주(錦州)만을 공격할 수 있을 것이며, 투항시키지 못하더라도 그의 섬에 인마(人馬)가 부족하고 군량이 넉넉지 않아 출병해 거점을 칠 수 없는 것을 알게 된다면 또한 그에게 화평하게 지내자며 회유할 수 있을 것이니, 이쪽에서 관새(關塞: 산해관)로 승승장구하며 곧장 달려갈지라도 뒷걱정이 없을 것이었다.

그때 마 수재(馬秀才)라는 자가 운종도(雲從島)로 가고자 하였다. 이 마 수재라는 자는 개원(開原)의 늠생(廩生: 관비생)이었는데, 평소에도 관아의 문루(門樓)에 올라가서 사정을 봐 달라고 부탁하는 염치없는 사람으로 개원이 함락되자마자 얼굴을 내밀어 오랑캐에게 투항하고는 그들과 함께 촌락의 보(堡: 작은 요새)들을 무마해 항복하도록 하였다. 항복하여 귀순하는 자는 공물(貢物)을 바친다는 구실로 그들의 재산을 요구하였고, 항복하지 않는 자는 결국 장차 살해되고 나면 그들의 처자식과 재물들을 모두 다 약탈해 갔으니, 온 요동(遼東)이 마 수재에게 해를 입은 사람이 많았다. 이때에 이르러 마 수재가 말주변이 뛰어난 것으로 자부하여 모문룡 장군의 마음을 움직여서 데려오겠다고 한 것이다. 누르하치의 아들은 곧바로 마 수재에게 자신이 신뢰하는 가가고산(可可孤山)과 도당대해(都堂大海), 그리고 또한 오랑캐 4명을 데려가도록 하면서 예물을 가져가도록 하니, 이 일을 맡은 7필의 말을 거느리고 마침내 운종도(雲從島)에 도착하였다. 오는 도중에 요동의 백성들이 알아보고서 침을 뱉어가며 욕하지 않는 자가 없었지만, 그는 도리어 황제가 파견한 사신이라 일컫고 태연히 스스로 만족하면서 일대에 알리도록 하며 원문(轅門: 軍營의 문)에 도착하였다.

장차 앵무새 같은 혀라 한들
공교로이 세한의 마음 돌리랴.

擬將鸚鵡舌
巧撥歲寒心

　모문룡 장군이 그들에게 배알하도록 하니, 그들은 중국식 옷으로 바꿔 입고 두건을 머리에 쓰고서 먼저 들에서 배알하였다. 그리고 뒤에 가가고산(可可孤山) 등을 불러 상견례를 하도록 하고 사왕자(四王子)가 보내는 예물을 바쳤다. 그 예물은 금빛의 말안장 2쌍, 검은 여우와 검은담비로 만든 방석 각 하나씩, 인삼 10근, 담비가죽 14장이었다.

　마 수재(馬秀才)가 먼저 말했다.

　"대금(大金)의 군주가 오랫동안 장군을 사모하여 우호관계 맺기를 바라고 약간의 토산품을 갖추어 올리오니, 삼가 장군께서는 받아주소서."

　모문룡 장군이 말했다.

　"내가 듣건대 신하는 국경 밖의 사람과 사적으로 교제할 수 없다고 하였으니, 이것들을 나는 감히 받을 수가 없다. 다만 그대들이 이곳에 찾아왔으니 틀림없이 나에게 가르쳐 줄 것이 있는가 싶다."

　가가고산(可可孤山)은 노추(奴酋: 홍타이지)의 부하 가운데 훌륭한 사람으로 타고난 풍채가 우람하고 중국말을 잘하였는데, 그가 말했다.

　"우리 국왕의 병력은 장군이 아시는 바인데, 운종도(雲從島)의 전투에서 우리 군대의 위력을 모조리 장군에게 가하지 않고, 도리어 장군을 범하려는 조선인들을 끌어내는 데에 썼으니, 우리 국왕은 힘으로 싸워 장군을 이기려 하지 않으시고 덕으로 장군을 회유하려는 것입니다. 지금 장군은 바다의 섬에 외로이 있으면서 우리 국왕과 서로 원수가 되어 죽이려 하지만, 중국이 군사 한 명이나 배 한 척으로 구원했다는 말을 결코 듣지 못했습니다. 또한 내감(內監: 환관)이 권력을 마음대로 휘둘러 산해관(山海關) 일대를 모두 내감을 등용하여 진수(鎭守)하게 하였고,

더욱이 장군이 있는 지방에도 역시 내신(內臣: 환관)이 있다고 들었습니다. 장군이 가시덤불을 베어내고서야 이 땅을 얻을 수 있었고 게다가 악전고투하며 보호하고 있지만 결국에는 한 환수(宦豎: 환관)가 온화한 모습으로 차지하였는데도 친히 오히려 그의 밑으로 나가겠나이까. 장군이 마땅히 달가워하지 않는 마음이라는 것을 잘 아시고 국왕께서 성의로 저희들을 보내어 와서 권하니 장군이 그른 길을 버리고 바른길로 들어선다면 장군을 신하로 삼지 않는 예로 대우하여 왕의 작위(爵位)로 높일 것이며, 또한 남쪽 사위(四衛)를 들어 모조리 장군에게 주어서 둔전(屯田: 땅을 개간해 경작함)하고 방목하게 하여 군량을 공급하게 할 것이니 어찌 등래(登萊)의 도움에 의존하다가 군사들이 괴롭고 굶주렸던 적과 같겠나이까. 만약 장군이 수년 동안 전쟁하여 원수가 된 틈이 이미 깊어져서 서로 용납하지 못할까 염려한다면, 장군께서는 우리 국왕께서 큰 도량으로 일찍부터 알려졌다는 것을 알지 못하는 것이옵니다. 지금 새로 즉위하자마자 바로 성의를 다하여 먼 고장을 회유하며 공을 기억하고 허물을 잊으니, 단연코 마음이 편협해 항복해오는 길을 스스로 막지 않을 것입니다. 만약 장군이 믿지 못하겠다면 곧 장군과 도문(刀門: 칼을 교차시켜 만든 문) 밑을 지나가 맹세할 것이니, 신명(神明)께 맹세컨대 모두 속이지 않을 것입니다."

모문룡 장군이 말했다.

"이기고 지는 것은 전쟁터에서 늘 있는 일이다. 지난날 철산(鐵山)의 전쟁에서 우리 군대가 약간 패배한 듯하지만, 의주(義州)의 안정관(晏廷關)에서 길을 틀어막고 싸워 그대들의 병마(兵馬) 또한 잃은 것이 셀 수가 없다. 이미 말할 만한 덕이 없는데 또한 어찌 두려워할 만한 위엄이 있겠는가. 내감(內監: 환관)이 오기에 이르러 나는 마침 그 분을 보좌하는 우익(羽翼)이 되려는데, 어찌 꺼리는 마음이 있겠는가? 만약 나에게 남위(南衛)를 준다고 한다면, 어찌 요양(遼陽)을 합쳐서 조정에 돌려주고 물러나 건주(建州)를 지키며 백성들을 도탄에서 면하게 해주지 않겠는가. 이렇게 한다면 나 또한 사졸을 쉬게 하며 너희들과 원수가 되지 않을 것이다. 만일 그대들이 잘못된 생각을 고집한다면, 오늘이 바로 서로 원수가 되는 출발이니 어찌 연합할 까닭이 있겠는가."

가가고산(可可孤山)이 막 말을 하려고 하는데, 마 수재(馬秀才)가 말했다.

"장군, 생원(生員: 마 수재를 가리킴)이 여기에 온 것은 국왕을 위해서가 아니라 진실로 장군을 위해서입니다. 중국의 사대부들이 직무를 맡기기에는 부족하고 남을 평가하는 데는 능하니, 남의 성취를 싫어하고 남의 패배를 즐거워합니다. 그러므로 당시 나라를 위해 용맹했던 웅정필(熊廷弼) 경략(經略)이 오늘날 어디에 있습니까? 이번 운종도(雲從島)의 전투에 대해 중국에서는 마땅히 반드시 떼 지어 일어나 공격하는 자가 있었을 것입니다. 장군이 어찌하여 고달프게도 혼자의 몸으로 밖으로는 적국과의 전쟁을 감당하고 안으로는 조정에서의 비난을 막아야 합니까? 차라리 그 사이에서 중립을 지키고 도요새와 조개가 서로 싸우는 대로 내버려두면 됩니다."

모문룡 장군이 말했다.

"신하된 자는 모두 국가의 난리를 앉아서 지켜보기만 하는 도리가 없는 법인데, 또한 내게는 터럭만치도 실수가 없으니 남들이 나를 헐뜯을 수가 없을 것이고, 성상(聖上)께서 돌봐주시는 것이 매우 융숭하니 또한 남들에 의해 헐뜯음을 당할 바가 아니다."

마 수재(馬秀才)가 말했다.

"제가 한마음으로 간절히 장군에게 권하는 것은 조정이 장군을 용납하지 못할 수 있기 때문이고, 더욱이 이 철산(鐵山)·운종도(雲從島)에서도 용납되지 못할까 염려하기 때문입니다. 제가 길에서 본 것은 정예병들이 이미 지난번 전쟁에서 죽고 성보(城堡)들도 이미 지난번의 함락에서 파괴되어 군량을 댈 수가 없어 병사와 군마가 반숙(半菽: 쌀과 콩이 반반씩인 콩밥)조차 배불리 먹을 수가 없었던 것이니, 이는 참으로 이른바 '무엇을 믿고서 두려워하지 않겠는가?'입니다. 하물며 조선(朝鮮)과의 교분은 코앞에서 변란이 일어날까 늘 염려스럽고, 내감(內監: 환관)이 진수(鎭守)로 나온 것은 저 한신(韓信)을 유인했던 운몽(雲夢)의 가짜 행차가 아니라곤 할 수 없을 것입니다. 장군은 어찌하여 한신이 먼저 괴생(蒯生)의 말을 듣지 않다가 미앙궁(未央宮)에서 후회하던 때를 도리어 초래합니까?"

가가고산(可可孤山)이 말했다.

"마 수재(馬秀才)가 계책을 세우는데 매우 밝으니, 장군은 스스로 심사숙고 해주시기를 청합니다."

모문룡 장군이 불쾌한 얼굴빛을 드러내며 말했다.

"내게 무슨 생각이 있겠는가만, 신하된 자가 나라를 위해서는 두 마음을 두지 말아야 하고 목이 달아나는 지경에 이르러도 불변해야 한다는 것을 아나니, 감히 그대들이 지껄이는 궤변에 우롱당하겠는가?"

이때 모문룡 장군은 마음속으로 또한 이 사람들이 왔으니 그들의 내부 사정을 탐지할 수 있고 저들은 줄곧 오면서 우리의 피폐한 사정을 알았을 터이니 그들을 풀어주어 돌려보내 주면 저들로 하여금 우리를 가볍게 여기는 마음이 생기게 할 수 있을 것으로 생각하고, 다시 마 수재(馬秀才)를 죽일 마음이 없어졌다. 그런데 마 수재가 침착하게 걸어 대청에 오르며 말했다.

"저에게는 아직 비밀리에 아뢸 것이 있습니다."

곧장 귓속말로 무슨 할 말이 있는 듯이 꺼내려는데, 모문룡 장군이 군대의 전투의지를 미혹시킬까 염려하고 갑자기 크게 화를 내며 끌어

내려 포박하여 참수하게 하니, 대청에 서 있던 기패관(旗牌官)이 서둘러 달려와서 틀어쥐고 대청에서 끌어내려왔다. 모문룡 장군이 목을 베라 하니, 사람들이 급히 의관을 벗기고 장차 그를 묶으려 하였다. 마 수재가 허둥지둥 소리쳤다.

"양국이 서로 전쟁을 하고 있어도 사자(使者: 심부름꾼)를 죽이지 않거늘, 나는 장군을 위해 왔는데 어찌 나를 해칠 수가 있단 말입니까!"

모문룡 장군이 말했다.

"네놈이 무슨 사자냐? 네놈은 본시 중국의 배신자일 뿐이다! 네놈은 이미 유학 경전을 읽었거늘 어찌 예의를 알지 못하느냐? 선비들의 명부에 이름을 올렸으면 마땅히 나라의 은혜에 감사해야 하는데, 네놈은 불충하여 오히려 더욱 그 불충으로 나까지 더럽히려고 하니, 이 어찌 하늘과 땅 사이에 머물러 있게 할 수 있으랴!"

마 수재(馬秀才)는 거듭거듭 용서를 빌고, 가가고산(可可孤山)도 그를 위해 머리를 조아리며 죽이지 말아달라고 빌었지만, 모문룡 장군은 끝내 듣지 않고 마침내 원문(轅門: 군영의 문) 밖으로 끌어내어 목을 베라고 하였다. 겨우 포박하여 원문 밖으로 끌어낼 수 있었는데 뜻밖에도 그에게 해를 입었던 요동의 백성들과 마주쳤고, 이들이 바로 원문 안으로 나아가 그의 죄상을 성토하려고 하다가 마 수재를 보고나서는 망나니가 손을 대기도 전에 각자 칼을 가지고 와서 베어 산산조각을 내자, 얼마 안 있어 능지처참되었다.

교묘한 말솜씨로 충성스런 마음 앗으려고   擬將巧語奪忠肝
지저귀어도 한 치의 단심 돌이키기 어렵네.   百囀難迴徑寸丹
흡사 역이기가 즉묵성에서 유세하다가   一似酈生遊卽墨
교묘한 말 다하기 전 몸이 삶겨진 듯하네.   厄詞未罄骨先殘

이는 마 수재(馬秀才)의 죄악이 크고 극에 달하여 스스로 그물에 걸려든 것이고, 또한 모문룡 장군이 정성스럽고 깨끗한 마음으로 나라를 위해 매국노를 제거한 것임을 알 수 있다. 망나니가 마 수재의 머리를 바치자, 이때 몇몇 달자(韃子)들이 놀라서 땅바닥에 무릎을 꿇고 두려워 벌벌 떨며 감히 입을 떼지 못했지만, 오직 가가고산(可可孤山)만은 얼굴빛이 조금도 변하지 않으니, 모문룡 장군도 차마 그를 죽일 수가 없어서 말했다.

"그대는 사자(使者: 심부름꾼)가 되어 왔으니, 나는 또한 차마 죽일 수도 없고, 나는 역시 그대를 머무르게 할 수도 없다."

그리고는 공관(公館)에 머물러 있도록 분부하고 그를 잘 대우하라고 시켰다. 즉시 제본(題本: 上奏文) 하나를 갖추고 벼슬아치를 시켜 연관된 사람과 연관된 금빛 말안장 등 물건들을 호송해 북경(北京)으로 가게 하는 한편, 또 장수와 병사들에게 분부하여 말했다.

"지난번 관새(關塞: 산해관)에서 사람을 시켜 노추(奴酋: 홍타이지)를 조문하도록 한 것은 관새에서 그의 동정을 살펴보려 한 것이네. 노추가 그로 말미암아 화친(和親)이라는 한마디의 말로 관새를 우롱하여 관새의 군대를 멈추게 해놓고는 군사를 일으켜 우리의 철산(鐵山)을 곧장 침범하였었다. 오늘 그대들이 화친을 맺고자 온 것은 우리의 내부 실정을 살펴보러 온 것으로 지금 필경 나에게 정성을 다하고서 영원성(寧遠城)과 금주(錦州)를 쳐들어오려는 것이다. 여러 장수와 병사들은 각자 마땅히 심혈을 기울여 나라에 보답하고 자기 관할의 신지(汛地)를 굳건히 지키되 그 형세를 이용해 전쟁터에 싸우러 나아가야 한다. 만약 이광(李鑛) 일당처럼 도망치는 장수가 있다면, 나를 저버리는 것일 뿐만 아니라 나라마저도 저버리는 것이다. 나를 저버리는 것이야 내가 용서할 수 있지만, 나라를 저버리는 것은 나라가 어찌 용서할 것이며 머지않아서 바로 처형할 것이다."

이전대로 변함없이 동로(東路)에 척후병을 더 보내어 창성(昌城)·만포(滿浦)·의주(義州)에서 철산(鐵山)에 이르기까지의 일대 지방을 막아지키도록 하고, 서쪽으로 머리를 돌려 장수들에게 단단히 타일러서여러 섬들을 굳게 지킬 것이지 가벼이 이탈하지 못하도록 하면서 또한등래(登萊: 登州와 萊州)에 공문을 보내어 군량(軍糧)과 군수물자를 지원해달라고 청해서 영원성(寧遠城)을 성원하고자 하였다.

거듭 상유의 기세를 떨치니   再振桑楡氣
철석같은 지조 더욱 견고해지네.   彌堅鐵石心

그 뒤로 가가고산(可可孤山)을 북경(北京)까지 압송하여 법사(法司: 刑部)에 보내 추궁케 하였는데, 법사(法司)는 그가 인물이 단정한데다 또중국어를 잘 아는 것을 보고서 제본(題本: 上奏文)을 올려 그를 죽이지않고 살려두기를 청하였으니, 오랑캐의 사정을 상세히 캐물을 수 있는 기회로 여겼기 때문이다. 오랑캐가 쳐들어왔을 때에 아복태(阿卜太)가 우리 총병(總兵) 흑운룡(黑雲龍)을 생포하였다. 아복태는 흑운룡을데려와서 맞바꾸려 하였으니, 가가고산(可可孤山) 역시 오랑캐의 유력한 사람임을 알 수 있을 것이다. 만약 모문룡 장군으로 하여금 풀어놓아 보내게 했다면, 그는 섬 안의 사정을 알고 있었으니 어찌 근심거리가 되지 않았겠는가!

열사(烈士)는 결단코 두 마음이 없었으니, 곧 가가고산(可可孤山)을잡아 보내는 것도 별난 일이 아니었지만 오랑캐와 통하고 나라를 배반한다는 의심도 풀어야 했다.

천하에는 마 수재(馬秀才) 같은 자가 많고 선비들이 진짜로 부중(府中)을 더럽게 하니, 한스럽고 한스럽다.

제33회

안팎에서 진신에게 합력하기를 청하고,
명과 조선에 나누어 주둔해 공을 같이하다.
請鎭臣中外合力，　分屯駐父子同功.

깃발이 시종신을 에워싸고 | 旄節擁貂金
전선이 바닷가로 향하네. | 樓船向海潯
위엄이 어찌 방해함을 혐의하며 | 勢何嫌掣肘
사람들이 마음 같기를 바라랴. | 人願得同心

보검이 변방의 섬에서 횡행하고 | 寶劍橫荒島
무장이 대궐의 숲에서 나서려네. | 彫弧出禁林
장군의 장막에는 뜻 맞는 사람 많으니 | 虎幃多合志
더러운 오랑캐 사로잡을 수 있을지라. | 醜虜可成擒

환관 감군(宦官監軍)은 예로부터 적대시하였다. 우리가 생각건대, 우리의 정성이 주군의 잘못을 바로잡기에 충분하고 우리의 위엄과 명망이 사람을 복종시키기에 충분하면, 비록 날마다 우리의 곁에 있을지라도 어찌 우리를 참소할 것이며 어찌 우리의 발목을 잡을 것이랴. 도리어 황상의 마음을 안심시키기에 충분하면 우리의 위세를 떨칠 것이다. 그렇지 못하면 진(秦)나라 왕전(王剪)이 60만 군사로 초(楚)나라를 정벌하러 가면서 진시황(秦始皇)이 의심할까 염려해 논밭과 저택을 많이 요구하여 진시황의 마음을 안심시켰던 것처럼 해야 하리로다. 그러나 또한 황제가 가까이 여겨 신임하는 것을 의지해서 자신을 돕도록 하는 것만 하겠냐만, 또한 황상과 온 조정으로 하여금 개운하게 의심이 없도록 할 수는 없을 것이로다. 하물며 나의 권한 나누어 둘로 할 수 있고 또 나를 요충지에 배치해도 두려워하지 않는다면, 한편으로는 제멋대로 날뛴다고 하고 한편으로는 세력이 너무 커서 통제하기 어렵다고 할 것이다.

모문룡 장군이 그 당시에 위엄과 명성이 이미 대단하여 비방하는 소리가 절로 생겨났는데, 영원(寧遠)의 적들이 견제를 듣지 않음으로 인해 병부가 의논하여 진영(鎭營)을 옮기려 하자 황제의 명령은 스스로 살펴서 처리하여 보고함으로써 결말을 짓도록 하라고 하였다. 모문룡 장군이 즉시 상소(上疏)를 올렸는데, 영원(寧遠)의 적들에 대해 이미 그 이전에 게보(揭報)하면서 정월 20일 다시 해주(海州)에 이를 것이라 하였으니, 어찌 견제를 듣지 않는다고 할 수 있겠는가. 진영을 옮기는데 이르면, 수미도(須彌島)와 오랑캐 본거지까지의 거리가 500리 안에 있게 되는 것은 또한 과신(科臣: 관리들의 규찰 관원)들이 목격했던 바이다. 스스로를 살펴서 처리하여 결말을 짓는데 이르면, 인심으로써 말할진대 영원(寧遠)과 요양(遼陽)의 병사는 적고 서쪽의 병사는 많으며 또 동강(東江: 皮島)은 나라 밖 의지할 데가 없는 고을로 물러나 피할 곳도 없는지라 인심이 모두 사력을 다해 싸우려 할 것이다. 지세로써 말할진대 영원(寧遠)에서 요양(遼陽)과 심양(瀋陽)에 이르기까지 모두 넓고 평탄한 길인지라 숨겨줄 만한 요해처가 없어서 계책을 내어 공격하거나 기습하기가 어려워 지킬 수는 있어도 싸울 수는 없는 곳이다. 그러나 동강은 험준한 곳을 거점으로 삼고 있어서 거짓 병사를 배치할 수도 있고 계책을 내어 제압하여 이길 수도 있는데다 육지와 바다가 모두 통해서 보급하는 것이야 어려울지언정 싸워서 지키는 것이야 할 수 있었다. 그러나 묘당(廟堂: 조정)에서 의논하면서 모두 동강은 오랑캐를 견제하는데 있어서 쓸모없는 곳으로 여겼고 사실상 본거지로 진격하여 토벌할 수 있는 곳으로 생각하지 않았으며, 전량(錢糧)은 근근히 버틸 만한 데다 군수물자도 있는 듯 없는 듯해 오랑캐가 서쪽으로 가지 않아야만 견제하는 데에 효과가 있다는 것은 말할 필요가 없다고 여겼다. 즉 오랑캐가 요하(遼河)를 한번 건너기만 하면 바로 견제할 수가 없다는 것이다. 어찌 요동 전체를 회복하지 않으면 산해관(山海關)이 끝내 위태롭게 되고, 노적(奴賊: 후금)을 멸하지 않으면 끝내 나라의 환란이 된다는 것을 생각하지 않았단 말인가. 오랑캐가 숨어 있어도 민심은 웅성웅성하였고, 오랑캐가 움직여도 중론은 분분하였다. 그러나 오늘의 작은 결말은 오로지 노추(奴酋)가 진격해 침략해오는 두 방면을 지켜야만, 오랑캐가 진정보(鎭靜堡)를 따라 진격해오더라도 광녕(廣寧)을 지켜 진정(鎭靜)의 오랑캐 선두를 막을 수 있었고, 오랑캐가 요양(遼陽)과 심양(瀋陽)에서 내려와 삼차하(三岔河)를 따라 진격해오더라도 삼차(三岔)에서 멈추게 하여 광포한 오랑캐의 도하(渡河)를 막을 수 있다는 것이다. 이렇게 되면 영원성(寧遠城)도 안심할 수가 있고 산해관(山海關)도 무사할 수가 있으니, 황성(皇城)에 공물을 바치고 능침(陵寢)이 평온하여 천하가 온전히 공고해질 수 있을 것이다.

또 거듭 내신(內臣: 환관)에게 청하여 옛 순무(巡撫) 왕화정(王化貞)을 옥에서 석방시켜 바다에 이르러 감독하게 하였다. 그는 실로 사업을 이룰 것으로 보였으나, 나라 밖의 공적과 군량은 본래 헛된 명분으로 차지할 수 없는 것으로, 설령 어떤 사람으로 하여금 감독하게 하더라도 한 지역을 마음대로 할 수 없기에 곧 자신의 공적을 살피고 자신의 군량을 살피게 되니, 어찌 고생스럽게 가령 이미 황무지를 개간하여 처음으로 치적을 세운 자가 다른 사람에게 태연히 그것을 소유하게 할 것이고, 또 날마다 그의 안색을 우러르며 그의 지휘를 받을 것이랴.

바닷가의 황무지를 개간하느라   闢地海之湄
가시덤불 헤친다고 어찌 지치리오.   披榛豈厭疲
대연 오는 것이 무슨 상관있으랴   何妨戴淵至
나라의 울타리 함께 견고히 한다면야.   同固國藩籬

이후 황제가 명령하여 그가 내신(內臣: 환관)을 고려하도록 청하였으므로 2월 안에 두 내신진수(內臣鎭守)를 차출하고 호부(戶部)와 병부(兵部)에 전하도록 말했다. 곧 황제의 분부는 이러하다.

"짐(朕)이 생각하건대 나랏일을 도모하는 의리는 중앙이든 변방이든 견주자면 같은 처지이니, 군대를 부려야 하는 형국에는 사슴을 잡을 때처럼 협력해야 한다. 어리석은 역적 오랑캐가 순리를 거스른 지 10년 동안 부끄럽게도 세 임금을 거치면서 동쪽을 돌아보며 너무 근심하느라 실로 침식을 잊고 나랏일에 열중하였다. 모문룡 장군이 홀로 바치는 충성을 떨치며 나라 밖에서 버티느라 멀리 군대를 이끌고 당시에 여러 가지 일을 겪으며 지내 온 것을 생각하건대 중국과 조선은 실로 수레의 덧방나무와 바퀴처럼 의지해야 했으나, 덧방나무와는 거리가 멀게 하면서 매번 소 닭 보듯이 하여 다급한 소리로 호응하지도 않고 공궤(供饋: 음식을 보냄)조차 넉넉하지도 못하여 갑옷을 입은 채로 잠자며 창을 메어야 했는데, 몹시 굶주려 군량을 빌려야하는 곤경에 처했을 때 속국(屬國)의 배신(陪臣)들이 애를 써서 먹을 군량을 공급하여 그제야 온갖 어려움과 위험 속에서도 오히려 몇 차례 오랑캐를 사로잡는 공적이 있었다. 이처럼 마음을 태우며 애쓴 것을 짐(朕)은 가상히 여기고 민망히 여긴다. 지금 역적 오랑캐를 하늘이 벌하였는데도 민란의 싹을 아직도 가슴에 품어 헤아릴 수가 없다. 이에, 짐(朕)은 조종조의 강토를 회복하려고 하니 멀리서 장수와 군사들의 노고를 염려하나, 그대들이 처한 피도(皮

島) 일대의 곳은 실로 오랑캐를 견제하고 토벌하여 제거할 중요한 수단 (手段: 요해처)이 되리라. 지난 겨울에 해당 진영(鎭營)에서 내신(內臣: 환관)을 살펴 임지에 주재하여 근무할 수 있도록 해달라고 주달해온 적이 있었는데, 짐(朕)이 숙고하여 처리했지만 오랫동안 시행되지 않았다. 이번에 특별히 총독등진 진수해외등처(總督登津鎭守海外等處)로서 재량권을 가지고 적절히 처리하도록 임명한 태감(太監) 한 명으로 어마감(御馬監) 태감 호량보(胡良輔), 제독등진 부진수해외등처(提督登津副鎭守海外等處)의 태감 한 명으로 어마감 태감 묘성(苗成), 중군 태감(中軍太監) 두 명으로 어마감 태감 김첩(金捷)과 곽상례(郭尙禮) 등 모두는 피도(皮島) 등지에 머무르면서 군량의 운송을 다그쳐 전량(錢糧)을 조사하며, 말끔히 노약자를 추려내고 정예병만 뽑아 훈련하며, 모든 전투와 수비의 적절한 대책 등 군사에 관한 일은 모문룡 장군과 마음을 합쳐 협력하고 협의하여 잘 확정해서 시행하라. 경솔하게 자주 고쳐서도 안 되고 또한 재래의 관례만 고집해서도 안 되니 더욱 불시에 견제하고 기회를 보아 토벌해 섬멸해야 하는데, 오랑캐의 뜰을 갈아엎어 밭으로 만들고 소굴을 소탕한 공훈을 세운다면 짐(朕)이 어찌 공신 자손 대대로 변치 않고 대우하기로 맹세하는 은전 하사하기를 아까워하겠느냐. 무릇 전투에서 승리를 거두면 이전처럼 하나하나 보고하는데, 몰래 살펴 알아낸 기밀 사항 및 섬 안에서의 전투와 수비에 관한 형세의 완급 같은 경우는 즉시 사실에 근거해 직접 써서 성화같이 비밀리에 주달하여 짐의 마음을 위로하도록 하라. 섬 안에서 함께 사용하는 기구와 군수품이 모두 급박한 것으로 생각하고, 이에 특별히 어전(御前)에서 절약한 5만 냥, 각종 모시의 통수슬란(通袖膝襴) 200필, 오색 포백(五色布帛) 400필 등을 보내노니, 군대 대오를 갖추는데 공용으로 바르게 쓰도록 하라. 또 조사하여 두호발공포(頭號發煩砲) 3대, 이호발공포(二號發煩砲) 6대, 철리안변신포

(鐵裡安邊神砲) 60대, 철리호준신포(鐵裡虎蹲神砲) 60대, 두호불랑기(頭號佛朗機) 20대, 이호불랑기(二號佛朗機) 20대, 삼안철총(三眼鐵銃) 500자루, 포를 끌어올리는데 쓰는 물건, 온전한 투구 500개, 허리에 닿는 갑옷 500벌, 장파묘도(長靶苗刀) 200개, 칼 1천 개, 활 1천 개, 화살 1만 개, 단구창(單鉤鎗) 100자루, 크고 작은 납탄 3만 개, 화약 2천 구를 보내주었다. 호량보(胡良輔) 등을 차출하여 파견하니 피도(皮島)의 각 지방에 부임하거든 군영에 사용하도록 하라. 짐(朕)은 이미 가까운 내신(內臣)에게 특별히 명하여 모문룡 장군과 함께 바다 밖에서 지내도록 하였는데, 풍파가 거세어 가로막고 조류가 험하더라도 숙달하는데 매진하였을 것이나 일을 시행함에 있어 직무의 권한이 중요하나니 공동으로 사용할 칙령(勅令)과 관방(關防: 방어책) 등의 사항이 있으면 해당 부서는 서둘러서 반포하고 시행하도록 하라. 반드시 동강(東江)으로 하여금 적의 허장성세에 의혹되지 않도록 하고, 양하(兩河)와 삼차(三岔)에서 변방 방비를 굳건히 하는 확실한 실효를 거두도록 하라. 특별히 알리노라."

마음은 푸른 하늘에 질정할 만하고　　　　心可質旻蒼
위엄은 먼 변방에까지 떨칠 만하네.　　　　威堪振遠方
같은 원한으로 범 같은 날랜 군사 돕고　　　同仇資虎士
양편으로 포진해 환관의 위세 빌리네.　　　犄角借貂璫

　두 내감(內監: 환관)은 등주(登州)에서 배를 타고 묘도(廟島)·진주문(珍珠門)·타기도(鼉磯島)·대흠도(大欽島)·소흠도(小欽島)·양두요(羊頭凹)·황성도(皇城島)를 거쳐 곧바로 피도(皮島)에 도착하였다. 모문룡 장군은 기뻐 영접하고 그들과 마음을 다해 계획을 세워 여러 섬들의 장수들을 검열한 뒤, 공경히 지급받은 은(銀) 5만 냥을 여러 장수와 사졸들에게 나누어 주어 그 노고를 포상하였다. 조선(朝鮮)에 공문을 보내었는데,

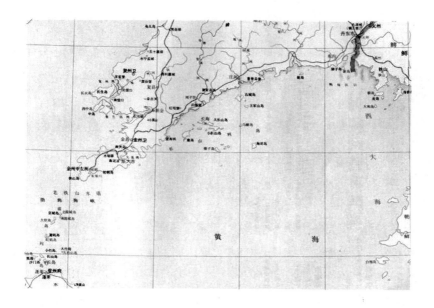

오랑캐를 무찌르는데 협력한 것을 포상하고 또한 합심하여 함께 어려움을 극복하자고 하였다. 귀순했던 요동 백성들이 지난번 철산(鐵山)의 난으로 인하여 다시 도망쳐 흩어졌지만 위무하여 그들로 하여금 생업에 복귀하도록 하였다. 또 두 내감(內監)과 상의하며 말했다.

"지금 황상의 은덕을 입어 기계를 지급받았고 누차 엄한 분부를 내리시어 군량 운송을 독촉하셨으니, 군량이 없는 것은 걱정되지 않습니다. 그러나 철산(鐵山) 일대의 지방은 소굴을 무찌르기에 괜찮으나 영원(寧遠)을 구하려면 머나이다. 더구나 노추(奴酋: 홍타이지)가 운종도(雲從島)를 침범했을 때 비록 모략으로 우리의 발야(撥夜: 정탐꾼)들을 죽이고 철산을 기습했을지라도, 그 뒤에 모승록(毛承祿) 등을 파견하여 의주(義州)의 안정관(晏廷關) 등지에서 가로막고 저지하였는데 그들의 병마를 셀 수 없을 정도로 죽였습니다. 오랑캐가 군대를 이동하여 조선(朝鮮)을 공격하니 조선이 비록 심하게 파괴되었지만, 우리가 뒤에서 조선을 위해 압록강 가에 있는 배들을 몰수하고 강을 막아 지키자 오랑캐들은 진격할 수가 없었습니다. 우리 군대가 또 오룡강(烏龍江: 五龍江의 오기) 일대의 배들을 몰수하여 그들로 하여금 물러설 수 없게 한데다, 저쪽에 지원이 끊겨 군량이 떨어졌을 때 오랑캐들 또한 매우 당황하였습니다. 생각해 보건대 이번에는 결단코 운종도(雲從島)와 철산(鐵山)을 감히 똑바로 보면서 조선(朝鮮)을 탐낼 수가 없을 것이니, 운종도와 철산은 단지 한 명의 편장(偏將)만으로 지키게 하고 힘을 합쳐 소굴을 무찌를 수 있겠습니다. 만약 영원(寧遠)과 금주(錦州)를 구하려면 피도(皮島)에서 호흡하고 요양(遼陽)으로 질러갈 수 있어야 하니 광록제도(廣鹿諸島)만한 곳이 없습니다. 이는 본진(本鎭)이 장산도(長山島)에 막부(幕府)를 스스로 개설하고서 오랑캐들이 영원과 금주를 침범해올 때까지 기다려야 하나니, 본도(本島)에서는 병사를 독려하여 동쪽으로 선성(旋城)과 황골도(黃骨島)를 취하고 서쪽으로 여순(旅順)·망해와(望海渦)를 엿보고 중도에서 곧바로 귀순보(歸順堡)·홍취보(紅嘴堡)를 취하고 또한 수군이 곧장 삼차하(三岔河)로 들어가 연교(聯橋)를 끊어버리면, 철산(鐵山)의 군대가 또 창성(昌城)과 만포(滿浦)를 경유하여 노채(老寨)를 취할 수 있습니다. 이는 당시 등주(登州)와 천진(天津)과 관새(關塞: 산해관)를 삼방(三方: 서·남·북방)으로 삼았는데 오히려 실정에 어둡고 현실성이 없었다는 것을 알았으니, 차라리 관새(關塞: 산해관)와 장산도(長山島)와 피도(皮島)를 삼방으로 삼는 것만 못할 것이며, 이렇게 하는 것이 오랑캐에게 피부에 와 닿을 것입니다. 그러나 진영을 옮기는 것은 큰일이고 또 장산도에서 등주(登州)까지는 매우 가까워, 비난하는 자들이 내가 변방의 위험을 피하여 가까운 곳으로 가려한다고 말할까 염려되지만, 이를 모름지기 참작하여 의논하고 황상께 주청해주십시오."

　두 내감(內監)이 그와 마주 보고 있었는데, 그가 세운 계획이 매우 적절한 것을 보고서 즉시 그를 위해 제본(題本: 上奏書)을 갖추어 올렸다. 황제의 분부는 모문룡 장군이 진영(鎭營)을 장산도(長山島)로 옮기도록 허락하였고, 모승록(毛承祿)을 부총병(副總兵)으로 승진시켜 피도(皮島)에 나누어 진을 쳐서 협력하게 하였다.

　모문룡 장군이 또 의주(義州) 안정관(晏廷關)의 승리 소식을 보고하는 상소문 안에서 화친을 아뢴 것을 믿을 수 없었는지라, 황제의 분부는 이러하였다.

　"지난날 화친에 대한 의논은 비록 영진(寧鎭)에서 다른 깊은 뜻이 있었겠지만 조정에서는 원래부터 허락한 적이 없었다. 지금 산해관(山海關)과 영원(寧遠)에 달리 배치된 군대도 없으니, 어찌 명백하게 교활한 오랑캐에게 얽매이지 않을 것으로 여기고 속국의 구실거리가 되겠느냐? 호부(戶部)와 병부(兵部)는 산해관과 영원의 두 진(鎭)에 대해 속히 장구한 계획에 따라 의논하고 다시 아뢰어라."

　또 오랑캐가 극히 간교한 것을 살핀 상소문 안에 희봉구(喜峰口) 일대에 방어진을 치고 아울러 도망친 장수들을 처벌하기를 청하니, 황제의 분부에 따르면 이러하다.

　"올린 글을 보니, '오랑캐들은 미쳐서 날뛰어 예측할 수 없을뿐더러 이미 패배를 이겨내고 강을 건너간 군사들이 조선 땅을 차지하고는 다시 서로(西虜: 몽골)를 빌려서 침입해 들어가 가을과 겨울 사이에 전갈 같은 독을 맘껏 내뿜듯 기승을 부릴 것이오니 곳곳마다 막아야 하옵니다. 희봉구(喜峰口) 등지의 요해처에 화기(火器)를 몰래 숨기고 진지를 굳게 하여 전투준비를 하고서 기다리는 것이 정녕 승리의 첩경일 것이옵니다.'고 하였도다. 옳은 말이다. 도망간 장수 이광(李鑛)·이월(李鉞) 및 정계규(鄭繼奎)·정계무(鄭繼武)·고응조(高應詔)는 법을 어기고 기강을 어지럽혔으니, 만약 죄를 바루지 않으면 어찌 여러 사람들을 징계할 수 있을 것이랴? 내진(內鎭)의 신하들은 독무(督撫)의 신하들과 회동하고 즉시 죄인의 목을 베어 높은 곳에 매달아 사람들에게 보이도록 하여서 군율을 엄숙하게 바로잡아라."

일찌감치 법망에 걸릴 줄 알았으니   早知投法網
어찌 충정을 닦는 것만 하리오.   何似礪忠貞

이와 같이 진영(鎭營)을 옮겨서 오랑캐를 압박하고, 협력을 하여서 기세를 올리며, 감신(監臣: 환관)을 빌어서 군수를 속히 지원하고, 도망간 장수를 참수함으로써 군사들의 사기를 진작하는 것이 참으로 세 방면을 방비하는 데에 효과가 있을 것이다. 그러나 애석하게도 이를 방치하고 진을 옮기는 사이에 영원(寧遠)과 금주(錦州)를 침범한 것을 틈타 적의 허를 찌를 수 없는 것은 힘이 미치지 못하는 것이다.

예전 무목(武穆: 악비의 시호)이 송나라와 금나라 사이의 화의가 이루어진 것을 축하하는 표문에 대해 상소한 가운데 '연주(燕州)와 운주(雲州)에서 손바닥에 침을 뱉고 끝내 복수를 하여 나라에 보답하려 하니, 천지신명에게 맹세하고 마땅히 머리를 조아리며 번신(藩臣) 되기를 자청해야 하리라.'는 대구(對句)가 있었는지라 끝내 그때의 재상(宰相: 秦檜)을 거슬러 죽음에 이르렀지만, 뜻밖에도 나중에 다시 화의를 논하면서도 악비(岳飛)를 본받아 좇는 자가 있었다. 《치당도계(致當道啓)》를 읽는데, 어떤 자가 말하기를, "천하를 그르치고 변방을 괴롭게 하는 이유는 강동(江東)을 심하게 핍박한 것 때문이며, 이는 사실이다. 염파(廉頗)와 인상여(藺相如)가 끝내는 나랏일을 생각하여 사사로운 원한을 잊어버렸는데, 이는 사사로운 원한을 생각하다가 나랏일을 그르

치기 때문이다."고 했으니, 사소한 원한을 갚아 통쾌하겠지만 나랏일을 어찌 하겠는가.

진영(鎭營) 나누는 것은 군사기밀로 때를 기다려 허락해야 하니, 수단을 부려 사람들이 모두 알지 못하여야 하기 때문에 경영되어야 하지 임시변통이 되어서는 안 된다.

제34회

만계 대총병은 영원에서 뛰어난 공훈을 세우고, 조솔교 총병은 금주에서 크게 승리를 거두다.

滿總理寧遠奇勛, 趙元戎錦州大捷.

들로 나뉜 오랑캐기병 조수처럼 밀려오고 가니 | 分崩虜騎如潮瀉
북소리 영원성 아래 우레같이 울려 퍼지네. | 鼓聲雷動寧遠下
길게 에워싼 무지개가 백여 리 걸쳤고 | 長圍虹亘百餘里
군화발에 걷어차인 곳 성한 데가 없네. | 靴尖踢處無完堞

장군의 뛰어난 무용은 세상에 짝할 자 없고 | 將軍神武世莫倫
창날 같은 뻣뻣한 수염발에 두 눈 부릅떴네. | 怒鬚張戟雙目瞋
칼날로 오랑캐 소탕하여 가을 풀 휩쓸듯하고 | 劍鋒掃虜秋籜捲
어지러이 개미떼 모이듯 해 견고한 진지 없네. | 紛紛聚蟻無堅屯

말가죽에 싸인 시체 바다에 잠긴들 두려우랴 | 尸沈馬革亦何畏
날아오는 화살에 박힌 몸은 고슴도치 바늘 같네. | 流矢薄身驚集蝟
큰소리로 부르짖어 곧장 적을 쳐서 저지하려니 | 大呼直欲盡敵止
군대의 함성이 폭풍우처럼 들끓네. | 風雷疑是軍聲沸

오랑캐들 죄다 달아나 성벽이 열리고 | 胡奴走盡壁壘開
온성의 남녀가 기뻐하는 소리 우레 같네. | 一城士女歡如雷
십년간 쌓였던 궁핍 일시에 무너뜨리니 | 十年積餒一時破
오랑캐 말 응당 절로 남쪽에 온 것 잊네. | 虜馬應自忘南來

승전 소식이 대궐에 날아 들어오니 | 捷書飛入明光裏
천자가 보고서 기뻐하는 얼굴 짓네. | 天子披之當色喜
어찌 모든 장수 군사들이 이와 같았으랴만 | 安得將士皆如此
하북과 하동을 잠깐 사이에 회복하였네. | 恢復兩河須臾爾

악무목(岳武穆: 악비)은 태평시대를 이룰 수 있는 비결로 '문신이 재물을 탐내지 않고 무신이 죽음을 아끼지 않아야 한다.'고 하였다. 그러나 노추(奴酋: 홍타이지)가 반란을 일으킨 이래 상하가 '아낀다(惜)'는 한 글자를 깨트리지 못하여 이름과 절개를 무너뜨리는 것도 아끼지 않으며 작위와 녹봉을 빼앗기는 것도 아끼지 않으며 몸이 철창신세가 되는 것도 아끼지 않더니, 오직 한 목숨을 버리는 것만은 아꼈기 때문에 적과 만나 싸우든 지키든 간에 한결같이 도망치는 것으로 끝을 맺었다. 만약 목숨을 걸고 한 칼 한 창으로 저들과 목숨을 걸고 승부를 겨룬다면, 어찌 기남자(奇男子)와 열장부(烈丈夫)가 아니랴! 하물며 반드시 승산이 없는 형국이 아님에랴.

오랑캐의 자식들은 조선(朝鮮)에서 회군하고서 동강(東江) 일대의 병마가 처음 전투를 겪었기 때문에 아직은 필시 우리 진영을 공격하지 못할 것이고 또 확실히 요양(遼陽)을 공격할 수 없을 것으로 생각하였다. 그리하여 사왕자(四王子)는 마침내 10여 만의 인마(人馬)를 거느리고서 백룡의 깃발을 들고 곧바로 삼차하(三岔河)를 건너 서평보(西平堡)를 거쳐 광녕(廣寧)에 도착한 뒤, 견마령(牽馬嶺)·의주(義州)·척가보(戚家堡)를 지나 마침내 금주(錦州)로 향하였다. 5월 11일 새벽 성 아래에 이른 뒤 성 주위를 따라 진을 치고 주둔하였다. 성안을 수비하고 있는 사람은 평요 총독(平遼總督) 조솔교(趙率敎)로, 총병(總兵) 좌보(左甫), 부총병 주매(朱梅), 내신(內臣) 기용(紀用)을 거느리고 4명이 문을 나누어 지키고 있었다. 다음날 새벽이 되자, 달자(韃子)들이 두 방향으로 나누어 개미떼처럼 구름다리를 메고 공격용 수레를 끌며 애패(挨牌: 진영 앞에 세워 화살을 막는 방패)를 머리로 받치고서 모두 성 아래에 이르러 공격하였다. 그 성안에는 화기(火器)가 자못 많아 한참 동안 쏘고도 또 한바탕 쏘아대니, 이 달자(韃子)들은 감히 가까이 다가가지 못할 뿐만 아니라 도리어 화기에 맞아 죽은 자가 허다하였다. 날이 저물어서야 문득 보니, 오랑캐 병사들은 보병을 앞세우고 기병을 뒤에 둔 채 전처럼 공성(攻城) 도구를 가지고 물러나 서남쪽 5리 뒤에 진을 치고 있었다. 그리고 매일 1만여 기병을 보내 성 아래에서 주위를 돌며 성을 포위하였다.

이때 이미 당보수(塘報手)가 영원(寧遠)과 관새(關塞: 산해관)에 들어가 이를 알렸다. 영원을 지키던 순무(巡撫) 원숭환(袁崇煥)이 협의하면서 오랑캐 군대가 더위를 무릅쓰고 깊숙이 들어왔으니 형세상 오래 버티지 못할 것이라, 다만 사방에서 군대를 출동시키기만 하면 의심스러워서 뒤숭숭할 것이기 때문에 결사대 300명을 모집해 오랑캐의 진영으로 가서 쳐부수자고 하였다. 그리고 한편으로 동강(東江)을 지원하러 나간 수군을 파견하여 남북신구(南北汎口)에서 허세를 부리도록 하고, 한편으로는 무이(撫夷) 왕라마(王喇嘛)와 독서로추장(督西虜酋長) 귀영(貴英) 등을 파견하여 금주(錦州) 지방 근처에 주둔해 있게 하였다. 이에 관상 경리 대총병(關上經理大總兵) 만계(滿桂)는 부총병(副總兵) 조대수(祖大壽)를 선봉으로 삼아 자신이 뒤에서 군대를 통솔하고 15일 신속히 구원하러 달려갔는데, 16일 자포(柘浦)에서 마침 병력을 나누어 오는 오랑캐와 마주쳐 양쪽에서 서로 대적하며 오랫동안 치고받다가 저녁 무렵에 군대를 거두어 철수하였다. 달병(韃兵)은 탑산(塔山)에 주둔하고, 만계(滿桂) 대총병은 영원성 아래에 주둔하였다. 서로 3일 동안 대적하다가 21일이 되자, 만계 대총병이 생각했다.

'달적(韃賊)이 탑산에서 막사를 치고 주둔하여 내가 영원(寧遠)과 금주(錦州)와 주고받아야할 소식을 끊으니, 기필코 공격하여 달아나면 구원하는 것을 다시 논의해야겠다. 만약 지체하고 전진하지 않는다면 금주가 고립될 뿐만 아니라 달적들이 나의 위축된 모습을 비웃으며

더욱더 제멋대로 할 것이다.'

그리하여 밤새워 군사를 일으켜 파총(把總) 왕충(王忠)을 선봉으로 삼고 참장(參將) 유은(劉恩)을 뒤따르도록 한 뒤, 자신은 군대를 통솔하여 뒤에서 전진해갔다. 대략 날이 밝을 때쯤 이미 조리산(笊籬山)에 도착하였는데, 왕충이 500명 내지 700명에 불과한 달자(韃子)들을 보고 즉시 앞으로 나아가서 베어 죽였다. 이윽고 유은(劉恩)도 도착하여 한창 양쪽에서 치열하게 싸우고 있는데, 생각지도 못하게 산 좌우에서 뛰쳐나온 두 부대의 달병(韃兵)들이 두 부대를 마침내 포위하여 중간에 끼게 하였다. 이에 두 장수는 결사적으로 쇄도하여 벗어나려 하였고, 뜻밖에 만계(滿桂) 대총병이 군대를 거느리고 또 밖에서 쇄도해 오니 달병들이 반대로 안팎에서 공격을 받는 처지가 되었다. 격렬한 전투가 두세 시간 동안 벌어져 많은 군사들이 달병에게 활을 쏘아 허다하게 부상을 입히고 26필의 말을 빼앗았다. 달적(韃賊)들은 할 수 없이 시체들을 가지고 산속으로 물러갔고, 만계 대총병도 산세가 험하였기 때문에 진격하기가 불편하여 그대로 군대를 거두어 영원(寧遠)으로 되돌리고 성 아래에 주둔하였다.

더러운 오랑캐가 천벌을 자초하니	醜虜干天討
천자의 군대 멀리 정벌을 나섰네.	王師事遠征
군대의 위세를 감히 거스를 수 없으니	兵威無敢逆
혈전을 벌여 반란군을 쓸어버렸네.	血戰掃鯢鯨

28일에 대군(大軍)을 일으켜 금주(錦州)를 구원하는 것에 대해 막 의논하려는데, 노추(奴酋: 홍타이지)도 뜻밖에 마침 협의하며 말했다.

"우리가 지금 금주를 포위하고 있다고는 하나, 영원(寧遠)에서 군대를 출동하여 구원할 수가 있을 것이다. 그러니 차라리 먼저 대군으로

영원을 무너뜨리면 금주는 외딴 성으로 세력이 고립되고 구원이 끊어
져 군사를 교대해가면서 곤궁하게 지킬 것이니, 공격할 필요도 없이
그들은 스스로 도망갈 것이다."

그리고 만여 명의 병마(兵馬)를 남겨 금주(錦州)를 포위하여 외부와
의 연락을 끊은 채 두 아들을 거느렸는데, 한 명은 소력면 패륵(召力免
碑勒)이고 다른 한 명은 낭탕영곡 패륵(浪蕩寧谷碑勒)으로 곧장 영원(寧
遠)을 향하여 먼저 회산(灰山)·굴륭산(窟隆山)·수산(首山)·연산(連山)·
남해(南海)를 취하고 9개의 큰 군영(軍營)을 구축하였다. 이때 진수 내
신(鎭守內臣)이 의논하면서 각 장수에게 문을 나누어 막고 지킬 것을
청하자, 만계(滿桂) 대총병이 말했다.

"한 사람도 성 안에 숨은 자가 없이 오랑캐들이 성을 포위한 이치대
로 합시다."

만계 대총병이 총병(總兵) 손조수(孫祖壽)·부장(副將) 허정국(許定國)
에게 해자 안에 들어가 진영을 지키도록 분부한 뒤, 자신은 부총병(副
總兵) 조천수(祖天壽: 조대수의 오기)를 거느리고, 총병 우세록(尤世祿)은
부장(副將) 우세위(尤世威)를 거느려 모두 교장(敎場: 훈련장) 안에 주둔
해 있으면서 전투를 대비하여 오랑캐들로 하여금 감히 성을 포위하지
못하게 하였다. 군대의 배치가 정해질 즈음, 얼핏 성의 동쪽에 먼지가
일어나는 것이 보이더니 오랑캐 병사들이 백여 자루의 오색 깃발을
들고 마침내 성을 향해 달려왔다. 진작에 만계(滿桂) 대총병에게 명령
을 받은 화기관(火器官)이 분통(噴筒)·조취(鳥嘴)·삼안창(三眼鎗)을 한바
탕 적의 인마(人馬)에 발사하니 피차간에 서로 볼 수는 없었으나, 화기
에 맞아 죽은 달자(韃子)가 얼마인지 알 수 없는 정도였다. 화기를 다
쏘자마자, 만계 대총병이 나는 듯이 말을 달려 칼을 휘두르며 적진으
로 곧장 돌진하니 장수들이 일제히 병사들을 재촉하여 호응하면서 총

과 화살을 어지러이 쏘아대었는데, 일찌감치 소력면 패륵(召力兔碑勒)을 가슴에 화살을 쏘아 말에서 떨어뜨렸다. 달병(韃兵)이 부랴부랴 구하려 하는데 만계 대총병이 벌써 큰 칼을 들고서 베려고 오자, 적들이 만계 대총병의 용맹을 보고 일제히 화살을 모아 쏘았다. 만계 대총병이 큰 칼을 휘둘러 제거했으나 이미 자신과 말에 몇 발의 화살을 맞았고, 그런데도 오히려 물러서려 하지 않았다. 우세록(尤世祿) 총병 또한 몸소 장수와 병사들의 앞에 서서 호응해 싸우러 돌진했다가 말이 화살에 맞아 쓰러지자, 가정(家丁) 우덕(尤德)이 말을 우세록 총병에게 교체해 주었다. 우세록 총병은 말을 바꾸어 타고 또 용감하게 나아가 오랑캐들을 죽였다. 두 총병은 부하 천 명의 인마(人馬)를 이끌고 종횡무진 돌진하였다.

> 고함치는 소리가 지축을 뒤흔들고 　　　　喊聲翻地軸
> 살벌한 기세 궁궐 문을 부수려 하네. 　　殺氣破天閤
> 높은 언덕에 시체들 잇닿아 쌓여 있고 　高阜連尸積
> 산골짜기 시냇물 핏물을 띠었네. 　　　溪流帶血痕

줄곧 싸우다가 저물녘에 이르러서야 오랑캐 군대가 퇴각하여 동산의 언덕에 진을 쳤다. 그리고 점검하니 낭탕영곡 패륵(浪蕩寧谷碑勒)은 죽고 소력면 패륵(召力兔碑勒)은 다쳤고 고산(孤山: 固山의 오기) 4개와 우록(牛鹿) 30여 개가 죽었으며, 그 나머지 달자(韃子)들은 이루 셀 수가 없었으며, 잃어버린 말과 무기도 이루 셀 수가 없었다.

다음날이 되자 만계(滿桂) 대총병이 또 상처를 동여맨 채로 출전하여 몸소 참장(參將) 팽찬고(彭纘古)와 수비(守備) 주국의(朱國儀)를 독려하여 몰래 홍이대포(紅夷大砲)를 안치하고 오랑캐의 대채(大寨: 營寨)를 향해 쏘았다. 대포 한 방으로 오랑캐의 대채(大寨) 하나를 부수니, 대채의 안팎에 있던 달자(韃子)들이 대포에 맞아 죽은 자가 얼마나 되는지 알 수가 없고, 크나큰 장막 하나와 한 방면의 백룡기(白龍旂)가 산산이 부서지자, 달자들이 두려워서 똑바로 서있지를 못하였다. 또 금주(錦州)의 조솔교(趙率敎) 총병은 오랑캐들이 병력을 나누어 영원(寧遠)으로 향하는 것을 보고서 성 아래에 오랑캐 병력이 적은 것을 얕잡아보고 병사들로 하여금 나아가 싸우도록 독려해 많은 달자들을 죽였다. 이러한 보고가 날아오자 사왕자(四王子)는 어쩔 수 없이 퇴각해야만 했다. 만계 대총병이 오랑캐의 영채(營寨)가 이동하는 것을 보고서 거느린 병사들에게 추격하도록 독려하고 또 오랑캐들을 5리 내지 7리까지 뒤쫓아 가서 죽이도록 하였는데, 뒤쫓는 길에 허세를 부려 위협하자 달자들이 곧장 퇴각하여 소산(蕭山: 首山의 오기)의 동쪽 머리에 진을 쳤다. 이 한 번의 전투에서 만계 대총병은 자신의 안위를 잊고 나라를 위해 순국한다는 마음으로 싸워 오랑캐를 대파하여 영원(寧遠)을 보전했을 뿐만 아니라 저들이 금주(錦州)를 포위하려 했음에도 저들에게 군대를 보내 와서 공격할까 두렵도록 하여 감히 오래 영원에서 머물지 못하도록 하였다.

칼로 날뛰는 오랑캐 소탕하려는 의기 장하고	劍掃狂胡意氣豪
핏자국이 여기저기 전투복에 얼룩져 있네.	血痕點點濕征袍
날카로운 화살촉이 뼈까지 꿰뚫었을지언정	從敎利鏃能穿骨
전쟁터를 전전하며 싸우는 기세 굽히지 않네.	轉戰沙場氣不撓

30일 오랑캐 군대가 모두 금주(錦州)에 와서 성을 겹겹이 에워싸고 위로 세 번 대포를 쏘고 세 번 고함을 질렀다. 조솔교(趙率敎) 총병은 오랑캐 군대가 성을 포위하고 공격하지 않는 것을 보고도 다만 조용히 기다렸다. 저녁이 가까워지자, 오랑캐 군대가 그대로 퇴거하여 서남쪽

에 진을 쳤다. 그로부터 매일 기마유격병을 보내어 성 아래를 왕래하며 금주(錦州)의 출입을 차단하고, 밤에는 늘 성 아래에서 화포를 쏘아 성안을 교란시켰다. 이때마다 조솔교 총병과 좌보(左甫) 총병은 늘 성에서 군사들을 억눌러 진정시켰다. 초3일 저녁이 되자, 조솔교 총병은 오랑캐의 진영에서 등불이 끊이지 않는 것을 보고 말했다.

"틀림없이 오랑캐 군대가 공격용 도구를 준비하여 내일이면 성을 공격하러 올 것이다."

장수와 병사들에게 더 엄히 방비하고 방심해서는 안 된다고 분부하였다. 얼핏 보자니 초4일 오고(五鼓: 오전 3시에서 5시 사이) 무렵, 수만 명이나 되는 기병과 보병의 달자(韃子)들이 구름사다리와 공격용 수레를 맞들고 일제히 와서 남문을 공격하였다. 이때 조솔교 총병이 벌써 화포(火炮)·화관(火罐)·뇌목(檑木)·포석(砲石)을 준비해 쌓아놓은 것이 성 위에 가득하여 분주히 내리치며 오랑캐 병사들을 공격해 어느덧 물러났다가 진격하기를 수십 차례나 하자, 평지에도 쌓인 시체가 산과 같았고 성호(城壕: 해자)에도 거의 메울 만큼 시체가 가득하고 성 밖 달적(韃賊)의 시체도 들에 널려 있었으니, 달적들은 장차 화장되어질 것이다. 공격이 낮에 이르도록 사왕자(四王子)는 교장(敎場: 훈련장)에 설치한 황장방(黃帳房)에서 황포(黃袍)를 입고 성을 공격하도록 독촉하였다. 한편 한 무리의 철갑기병을 차출하여 뒤에서 달병(韃兵) 중에 앞으로 진격하지 않는 자는 바로 목을 베어 죽이자, 달병들이 벌떼처럼 몰려와서 공격하였으며 다시 화포(火砲)를 끌고 와 성벽을 공격하였다. 결국 아래로부터 위로 공격하기는 어렵고 위에서부터 아래로 공격하기는 쉬운데다 또 낮부터 해가 서쪽으로 저물 때까지 공격하였으나 성 위에서 방어가 철저하게 준비되어 있는 것을 감당할 수가 없었고, 아울러 오랑캐들은 공격용 수레와 구름사다리를 밀고 앞으로 나아가는 것도 쉽지 않자 모두 성호(城壕: 해자) 주변에 내버리고 스스로 물러갔다. 초경(初更: 저녁 7시에서 9시 사이)에 이르자, 조솔교(趙率敎) 총병이 마침내 사람을 보내어 오랑캐의 공격용 수레와 구름사다리 및 애패(挨牌: 진영 앞에 세워 화살을 막는 방패)를 가져다 불로 모조리 태우니, 이때부터 오랑캐 병사들은 공성 도구가 없었지만 조솔교 총병은 성의 방어를 더욱 견고히 하였다. 만계(滿桂) 대총병도 군대를 이끌고 나아가 구원하고 성상(聖上)도 전지(傳旨)를 내리자, 오랑캐 군대는 동쪽을 지키면서 또 서쪽을 침범하여 중심부가 허약해졌기 때문에 해상에서 먼저 속히 가서 중심부를 견제하면 우리의 동쪽과 서쪽의 난관을 아울러 해결할 수 있었을 것이다. 이와 같이 급박한 때에 등래(登萊)의 무원(撫院)과 모문룡 장군이 만약 소식을 듣고 모두가 한 방면의 분쟁을 보고할 수 있었다면 무원과 모문룡 장군도 즉시 사람을 보내 말하여 그들과 매번 통지하였을 것이다. 모문룡 장군도 병마(兵馬)를 엄하게 다스려 곧바로 연해의 각처에 이르고, 등래의 무원에 격문을 보내 군대를 합하여 삼차하(三岔河)를 거쳐 서평보(西平堡) 등지를 제압하려 했다면 점차 오랑캐를 격파하는 국면이 있었을 것이다. 오랑캐들도 스스로 생각건대 깊이 쳐들어왔을 뿐만 아니라, 더군다나 헛되이 시일을 보내면서 오래 끄는 것은 각처의 병사들이 농락당할까봐 염려되어 결국 몰래 강을 건너고 또 정예병을 소능하(小凌河)에 진을 치며 점차로 물러갔다. 영원(寧遠)과 금주(錦州)에서 참획한 달적(韃賊)과 사로잡은 오랑캐 59명을 포로로 바쳐졌다. 이에 황제의 분부는 이러하였다.

"영원(寧遠)에서의 승리는 만계(滿桂)·우세록(尤世祿)·손조수(孫祖壽)·양가모(楊加謨) 등이 호연지기로 창을 베고 오랑캐를 집어삼키려는 장한 생각을 품었기 때문이니 우대하여 공적을 평정할 수 있도록 배려

하라. 금주(錦州)에서의 승리는 왕지신(王之臣)·곽윤후(郭允厚)·황운태 (黃運太)·설봉상(薛鳳翔)·염명태(閻鳴太)·원숭환(袁崇煥)·유조(劉詔)가 조정 안팎에서 같은 마음으로 백성을 안정시키고 오랑캐를 물리치는 큰 공적이 있었고, 조솔교(趙率敎)·좌보(左甫)·주매(朱梅)가 공동의 원 수에 대해 적개심을 절실히 갖고서 위급한 재난을 구한 공을 세웠기 때문이니 우대하여 공적을 평정할 수 있도록 배려하라."

이때부터 관문(關門)의 기세가 크게 진작되어 오랑캐의 칼날은 잠시 잠잠해졌다.

금주(錦州)와 영원(寧遠)의 승리는 중국이 울분을 토해 내기에 충분 하였고 오랑캐들로 하여금 감히 똑바로 쳐다보지 못하게 하였다. 그 러나 교활한 오랑캐는 단념하려 하지 않고 스스로 그의 계책을 반복하 였으니, 대안구(大安口)로 침입한 것은 반드시 있을 법하였거늘 어찌 생각이 이에 미치지 못하였단 말인가.

적을 이긴 공적을 남에게 돌리며 돌아가기를 상소하고, 조정의 시시비비를 크게 탄식해 밝혀 주달하다.

疏歸不居寵利,　奏辨大息雌黄.

갑옷과 창이 눈발 서리에 뼛속까지 차디차나 | 雪甲霜戈透骨寒
바다 모퉁이에서 정절 들고 애써 단에 오르네. | 海隅旄節強登壇
낭변 태운 봉화 변방에서 꺼져 보이지 않고 | 狼烽未見邊陲息
낱낱이 들기가 어려워 조정인들 어찌 펼치랴. | 毛擧難禁朝寧彈

어지러이 세 차례나 이르니 호랑이 되기는 쉽고 | 三至紛紜成虎易
내 한 몸을 진퇴하는데 양 같기가 어렵네. | 一身進退似羊難
일찌감치 벼슬길이 모두 이와 같음을 알고 | 早知仕路渾如此
서호에서 낚싯대 만져보지 못함이 한스러워라. | 悔不西湖理釣竿

고시(古詩)에 "한신(韓信)과 팽월(彭越)이 한(漢)나라 일으킨 것을 되레 비웃지만, 공을 이루었다 해서 오호(五湖)에 노닐 수만 없네."라고 하였다. 이태백(李太白)도 말하기를, "공을 세운 후 옷자락 떨치고 가길 바란다면, 무릉(武陵)의 복사꽃이 우스워 죽으리라."고 하였으니, 이것은 물러나는 것에만 치우친 말이다. 만약 나라가 다사다난할 때에 사람마다 관직을 그만두게 하고 사람마다 속수무책으로 있게 하면, 나랏일을 누구에게 맡기겠는가. 이태백의 시절에 이업후(李鄴侯: 李泌)와 곽영공(郭令公: 郭子儀)이 없었다면, 당(唐)나라가 어떻게 중흥하였으랴. 이것도 단지 강호에서 놀기만 좋아하는 자의 의론일 뿐이다. 또

당나라 이덕유(李德裕)가 말했다.

"정권을 잡고서 원망과 비방을 막는 것은 창을 들고서 교활한 짐승에 맞서고 관문을 닫고서 도적에 대비하는 것과 같다. 만일 창을 버리고 관문을 열어놓으면 도적의 난리가 바로 닥칠 것이다. 그러므로 머뭇거리며 떠나가지 않는 것은 하루의 생명을 연장하는 것으로써 죽을 때까지의 화(禍)를 바라는 것이니, 이는 또한 말을 달리는 자는 고삐를 놓아서는 안 되고 급류를 타는 자는 노를 없애서는 안 되는 것과 같다. 그렇지 않으면 하늘이 높다고 알 수 없으랴 몸이 멀어도 화를 받으리니, 거센 물결을 벗어나더라도 어물전에 매달릴 것이고 관목(灌木)을 떠나더라도 그물에 걸리리라."

이 몇 마디는 들어보니 가련하지만 하는 수 없이 나아가는 것이다. 만약 한 사람 한 사람이 조정의 권세와 위풍을 끼고 호신부(護身符: 보호막)로 삼으면, 단지 일신과 가정만 있음을 알 뿐 임금과 나라가 있음을 알지 못하니 당(唐)나라 때 번진(藩鎭: 軍政 관정한 절도사)의 나쁜 습성을 면할 수 없을 것이다. 만약 성실한 신하가 있어서 조정이 나를 등용해주기만 한다면 열심히 일하고 수고를 마다하지 않을 것이니, 죽을 때까지 온 힘을 다하고 딴마음이 없을 것이다. 그러나 만약 조정에서 쓰이지 않게 된다면 유언비어가 번성하고 속마음을 스스로 아뢰기 어려워 어쩔 수 없이 물러나는 것은 본심을 드러내야 하기 때문이다. 그렇지 않으면 웅지강(熊芝岡: 熊廷弼)이 어찌 일도양단(一刀兩斷)한 사람이 아니겠는가마는, 그가 분명하게 진술한 상소문을 보노라니 고개를 숙이고 배회하며 생각하느라 차마 손을 떼고 사양하지 못한 것은 공을 이룰 수 있는 일을 다른 사람에게 양보할 수 없었기 때문이나, 사람들의 유언비어가 감당할 수 없게 되자 어쩔 수 없이 귀향할 수 있도록 청하기도 하고 어쩔 수 없이 애써 변명하기도 했지만, 결코 떠나는 것으로는 자신을 정결하게 하지 못할 것인데 또한 어찌 임금에게 떠나겠다는 것을 요구하겠는가.

당시 모문룡 장군은 편비(偏裨: 副將)로서 1년 동안 임무를 수행하고 다시 도독(都督)으로 승진하였으며, 황제의 명이 누차 반포되고 위로하는 조서가 그지없었으니 총애가 이미 최고에 달하였다. 더구나 그 뒤로 검을 하사하고 인수(印綬)를 하사하여 한 지방을 전적으로 통할하도록 하면서 어찰(御札)을 참장(參將), 유격(遊擊), 수비(守備), 파총(把總)에게 주어 권세도 막중하게 하였으며, 또한 물품을 사고팔게 하고 대장간을 차리게 하고 둔전(屯田)을 하게 하여 아주 동떨어진 바다의 일개 섬을 물산이 풍부하고 인구가 많은 이름난 지방으로 만들었다. 만약 불초한 사람으로 하여금 험준한 곳에 처하도록 하였는데 게다가 군대도 강하고 군량까지 풍족하여 한 지역에서 패권을 다툰다면, 중국이 바야흐로 오랑캐를 정벌하려 해도 장차 연교(蓮敎)와 수인(水藺: 安邦彦과 奢崇明 지칭)의 난이 있게 된다면 병력으로 어찌 그들을 토벌할 수 있으며, 조선과 인접하여 이와 입술처럼 밀접한 관계를 이루었으니 어찌 야랑왕(夜郞王)이 되지 않을 수 있겠는가. 모문룡 장군이 이러한 곳에 처하여 불행하게도 그런 마음이 없더라도 그럴 만한 형세가 있고, 그런 일이 없더라도 그럴 만한 이치가 있다고 하니, 이는 소인의 마음으로 군자의 마음을 헤아리는 것으로 또한 사람들이 의심하는 것을 탓할 수가 없다. 의심으로 인하여 자연히 세심하게 따져서 지필로 나타내려 하였으나 또한 실정을 벗어난 상황을 언급해야 했기 때문에, 모문룡 장군은 때에 앞서서 저 피도(皮島)를 별이 이어지고 바둑돌이 놓이듯 배치하여 지극히 물산이 풍부하고 인구가 많은 곳이었으니 어찌 남에게 양보하려 하겠는가. 더군다나 이 섬의 백성도 그를 따르고 병마(兵馬)들도 그를 두려워 복종하자 노추(奴酋: 홍타이지)도 그를 무서워 두려워하였으니 어느 누구가 와서 모문룡 장군을 대신할 수 있겠는가. 그러나 중국의 문신 출신 무장(武將)들은 날마다 노래하는 사내아이와 춤추는 계집아이들을 끼고도 엄청난 봉록(俸祿)을 받았으니 어찌 쾌활하지 않았겠는가. 그러니 오히려 저 바다를 끼고 있다가 풍랑에 깜짝 놀라거나 아니면 전쟁으로 온통 소란스럽게 될 것이니, 이 같은 괴로움을 저 누가 와서 대신할 수 있겠는가. 모문룡 장군은 오히려 책임을 지고 물러나려 하였다. 다만 그는 말했다.

"떠나가지 못하는 것은 속마음을 밝힐 수는 없으나 피도(皮島)를 의지할 수 있는 험준한 지형으로 삼은 것은 분명하며, 위험을 무릅쓸 만한 군량이 있는 것과 위험을 개의치 않을 공이 있는 것도 분명하니, 이익을 쫓는 무리들이 이 때문에 연연하며 버리지 못하는 것이다."

그래서 제본(題本: 상주서)을 올린 적이 있는데, 내감(內監)을 청하여 사람들의 의혹을 없애고 왕화정(王化貞)이 나와 감독하도록 청하여 자기의 부담을 털어내었으며, 또 자기가 여러 해 동안 고된 전투를 치러 많은 병을 앓게 된 것을 진술하여 관직에서 물러나기를 바랐다. 이 어찌 조정에 그를 대신할 사람이 없다는 것을 분명히 알면서도 협박하는 것이 아니며, 또한 다만 위태하고 의심스러운 곳에 처하고 불초의 이름을 짊어지기를 구하는 것이 아니겠는가.

나라에 보답하려는 참된 마음 하늘땅이 아나	報國眞心天地知
인간사 짐짓 서로 의심하는 것을 어이 견디랴.	那堪人事故相疑
벼슬 그만두고 일찍이 종생의 소망을 이루어	掛冠早遂宗生願
서호의 제일 방죽에서 늙은 몸을 보내리로다.	投老西湖第一堤

부득이하게도 황제가 사직을 윤허하지 않고 다만 내감 진수(內監鎭守)만을 보내었으니, 모문룡 장군은 적의 허를 찌르고 견제하는 임무

가 자신의 임무로 맡았고, 공적을 살피고 식량을 따지는 책임은 내신 (內臣: 환관)에게 맡겨졌으니, 놀랍게도 잘잘못은 도외시되었다. 뜻밖에 희종(熹宗)이 죽고 금상(今上: 숭정제 毅宗)이 즉위하여 뛰어나게 슬기로운 자질과 위풍당당한 역량으로 역신 환관[逆瑄: 위충현]을 제거하고 일체의 내신(內臣)들을 모조리 철수하였는데, 동강(東江)의 권한은 예전처럼 모문룡 장군에게 맡기겠지만 전과 다름없이 위태롭고 의심스러운 지경에 있었다. 먼저 병마(兵馬) 일체를 조사하게 되었는데, 왕도신(王道臣)이 바다를 건너가 보고서를 열람하니 병마가 6천 명에 그쳤다. 모문룡 장군의 주문(奏文)에 이르기를, '6천 명은 곧 피도(皮島)를 지키는 군병이며 그 나머지 황성(皇城)·석성(石城)·광록(廣祿)·녹도(鹿島)·장자(獐子)·삼산(三山)·장산(長山)·운종(雲從)·수미(須彌) 등 각 섬과 조선(朝鮮)의 미곶(彌串)·의주(義州)·창성(昌城)·만포(滿浦) 등 각 둔영(屯營)에 있는 병마는 아직 다 조사하지 못하였는지라, 이것으로써 군량을 정해서는 곤란하다.'고 하였다. 왕도신도 다시 심사하여 황제에게 말했다.

"여기서 한 곳에 그친 것은 역시 이곳은 정예병 6천 명이고 그 나머지는 노약자들뿐이옵니다."

다시 곡절이 있었다는 것은 비록 분명해졌지만, 군량을 착복했다는 주장이 분분하게 일어났다. 더군다나 자기의 의견을 고집하며 팽팽히 맞설 때에는 분풀이가 없을 수 없고 방관자도 한마디 없을 수가 없었으니, "정말 모문룡 장군을 변론한 상소의 경우에는 애끓는 마음으로 나라를 위했다고 말하기는 어렵지만, 노예처럼 비굴하게 아첨하려고 하지 않아 조정의 미움을 받았다."고 하였는데, 이는 조정을 정실관계에 얽매여 있고 뇌물에 연결되어 있는 것으로 간주한 것이다. 이 사람이 나라에 공이 있는지 나라에 죄가 없는지 알지 못하지만, 기탄없이 말하고 강직하게 주장한 것으로 사람들도 너그러운 마음으로 받아들였다. 만약 이 사람이 나라에 죄를 짓고 나라에 화를 자초했다면, 곧 돈을 쓰며 아첨해도 사람들은 기꺼이 너그럽게 받아들이지 않을 것이다. 이 말을 사람들에게 하지 못하게 하면, 사람들이 규탄하도록 돕우는 것이고 사람들이 주장하도록 자극하는 것이다. 그래서 두 아문(衙門)의 관원들 중에는 그가 병사를 징집하고 군량을 징수하도록 사자(使者)를 보내어 역참들이 소란스러워서 등주(登州)·천진(天津)·회양(淮揚)이 굉장히 큰 해를 입었다고 말하는 자도 있었으며, 그가 병사를 청하고 군량을 청하는데 말투가 위협적이어서 제멋대로 날뛰며 신하의 도리를 지키지 않았다고 말하는 자도 있었으며, 그는 병사도 충분하고 군량도 넉넉한데다 바다 한 모퉁이의 견고함에 의지하였지만 그의 뜻은 헤아릴 수 없었다고 말하는 자도 있었으며, 보잘것없는 오랑캐 도적을 슬쩍 공격해놓고도 공을 탐내었다고 말하는 자도 있었으며, 조선(朝鮮)에 은혜를 베풀었는지 크게 의심할 만하다고 말하는 자도 있었으며, 그에게 땅덩어리도 크고 병사도 많아서 꼬리가 크면 흔들기가 어렵듯이 지휘하기가 어려울 것이라고 말하는 자도 있었다.

율무가 원래부터 의논할 만한 일이랴	薏苡原堪議
술잔의 활과 뱀이야 의심할 만한 일이네.	弓蛇屬可疑
미연에 방지하는데 깊은 계책이 있었으니	防微有深計
남들의 지적을 어찌 감히 더디게 하랴.	彈射敢遲遲

이 몇 개 구절의 일이 만약 사람을 파견하여 징집하라고 말하지 말았어야 한다면, 유사(有司: 관리)가 곧 지체할 수 있는 임무로 여길 것이니 어떻게 군량을 얻고 병사를 얻을 수 있으랴. 만약 역참을 소란스럽게 하지 말았어야 한다고 말하면, 모문룡 장군은 사람들을 보내도

자신처럼 할 수 없다고 여겼는데 어찌 이러한 사람들을 차출해 보내도 말썽이 생기니 말투가 위협적이지 않을 수 있겠는가. 지극히 곤궁한 처지에 처하면 어쩔 수 없이 급히 소리치고 큰 소리로 불러서 구원을 바라되 급한 상황에서는 그늘진 곳을 가릴 틈이 없다는 말도 있지만 임금에게 고하는 문제는 마땅히 신중해야 했다. 바다의 한 모퉁이 험준한 곳에 의지했다고는 하나, 바다 가운데 있지 않았다면 어찌 견제할 수 있겠는가. 병사와 군량이 부족하면 바다 가운데 있더라도 견제하는 공을 세우기가 어렵지만, 미연에 방지한답시고 더 커지는 것을 염려하는 것은 우려하지 않을 수 없다. 얼마 안 되는 오랑캐를 토벌하고서 공을 탐한다고 말하는데 이르러서는, 이러한 일은 변방의 평소 모습으로 대부분 발야(撥夜: 정탐꾼)를 보내 불의에 습격하려다가 대거 국경을 침입했다는 보고로 인하여 출진하여 죽였더라도 얼마 안 되는 오랑캐이고, 머리를 베었다면 공이 있는 것이다. 꼬리가 크면 흔들기가 어렵다고 말하는 것은 그저 모문룡 장군의 마음에 달려 있어서 통제할 수 없다는 것이니, 이렇게 되면 비록 고립된 군대일지라도 쓸 수가 없을 것이다. 그런데 그 마음이 자기 나라의 조정에 있었다면 세력이 크면 더욱 효력이 있었을 것이다. 이처럼 의론이 분분했지만, 황제는 아직 그로 인해 의심을 품지 않았다. 더군다나 의심을 아주 없앨 수 있는 의론이 있었으니, 모문룡 장군이 각 섬을 불러낼 수 있었던 까닭은 천조(天朝: 명나라)의 이름으로써 불렀기 때문이라거나, 조선(朝鮮)이 모문룡 장군과 떨어질 수 없는 이와 입술처럼 밀접했던 까닭은 역시 모문룡 장군이 천조(天朝: 명나라)의 진신(鎭臣)이었기 때문이라거나, 또 각 섬의 물자가 풍부한 것은 둔전(屯田)에 미진함이 없었던 것이었고 오로지 천조(天朝)의 상인의 도움을 받은 군량이 결단코 천조에 적지 않았던 것인데다 딴마음을 가진 적이 없었을 뿐만 아니라 원래도 감히 딴마음이 있지 않았기 때문이라는 것이다. 만약 한결같이 다른 뜻이 있었다면 당시의 의론에서 말한 것처럼 헤아릴 수가 없거나 매우 의심할 만하였을 것이니, 오랑캐에게 귀순한들 의심을 샀을 것이고 조선(朝鮮)에게 귀순한들 받아들이지 않았을 것인지라 홀로 외딴섬에 앉아 죽기를 기다려야 하는 것은 그러한 사실을 알아차린 사람 모두가 하지 않을 것이다. 모문룡 장군은 천성이 충성스럽고 절개가 곧아 어떻게 이와 같은 일을 하랴만, 충성을 품고서도 의심을 사고 절개가 곧고도 비방을 받았으니 이 마음을 어찌 달갑게 참을 것이며, 어찌 기꺼이 내버려두고 변명하지 않을 수 있겠는가.

> 몸이 비난과 비웃음을 받게 되니　　　　　　　　身爲非刺的
> 가슴에는 불평의 울음이 가득하네.　　　　　　臆滿不平鳴
> 어찌 상소 올리는 것을 아끼랴만　　　　　　　肯惜疎封事
> 간절하게 임금의 총명을 일깨우네.　　　　　　慇慇悟聖明

　그래서 누차 그 위에 뜻밖의 억울한 누명이 있었지만 참고 견딜 만한 일이라서 자기의 공(功)을 서술하며, 공을 가로채 발호한다는 것과 아울러 그 통제하기 힘들다거나 헤아릴 수가 없다는 의론들을 해명하였으니, 천계(天啓) 6년(1626) 봄에 오랑캐가 영원(寧遠)을 침범하였고 곧 해주(海州)를 공격하였고 5월에는 영원(寧遠)과 금주(錦州)를 침입하여 삼차하(三叉河) 연교(聯橋)를 잘라버렸는데, 7년(1627) 철산(鐵山)의 전투에서는 몸에 화살 세 대를 맞았고 숭정(崇禎) 원년(元年, 1628) 6월에는 병든 몸으로 장산도(長山島)에 정탐하러 나갔다고 하였다. 황제의 뜻으로 격발시킬 필요까지는 없고 등주(登州)와 천진(天津)에 공문을 보낼 필요까지는 없지만, 위급한 변고가 있으면 곧장 출동하는데 잠깐이라도 호응하지 않은 적이 없었고 응전하는데 주저한 적이 없었으며 허세로 과장되게 떠벌린 적이 없었으니 공적으로 삼을 수 있을 것이다. 게다가 군대에서 달자(韃子)의 부녀자를 달자의 남자로 가장하고 요동의 백성들을 달자의 남자로 가장한 것이 있었지만, 죄다 명백히 분변하도록 하여 혼동되지 않게 하였다. 심지어 포로를 사로잡아 대궐에 바쳤을 때, 법사(法司)들이 조사와 통역을 했지만 특별히 남의 이름을 사칭한 것이 없었다. 또 자기 자신이 비방을 받는 연유를 기술하였는데, 조정이 탄핵하려는 뜻은 그의 성격이 몹시 급하고 말이 몹시 직설적이라 혹 변경이라서 견해를 내는 것을 용인할 수 없었고, 또한 대대로 교제를 도모하면서도 그는 담비가죽과 인삼, 황금과 비단을 절대로 조정에 쓸 줄 몰랐고, 또 진지하게 법을 집행하면서 정실 때문에 공적인 일을 망치지 않았으나, 이와 같았기 때문에 노여움을 산 것이 너무 심하였고 규탄을 받은 것이 적지 않았다고 하였다. 그리고 조사를 통해 군량을 탐했다는 의론을 없애달라고 청하였다. 이에 황제의 분부는 이러하였다.

"해당 진영(鎭營)에 병사와 군량을 이미 깨끗하게 해결하였으니 모문룡은 마땅히 공을 세워 보답하도록 하고, 사람들의 말은 절로 그칠 것이니 사리를 따져서 억울함을 밝혀 아뢸 필요가 없도다. 해당 부서는 알아서 시행하라."

그는 작록(爵祿: 관작과 봉록)을 있어도 되고 없어도 되는 물건으로 여기지 않았으나 사람들은 결국에 그가 동강(東江)을 핑계로 재물을 탐하고 난폭한 짓을 한다고 할 것이며, 그 자신은 공은 있으되 허물은 없는 몸이라고 드러내지 않았는데도 사람들은 필경 동강을 가리키며 비난하고 헐뜯을 것인바, 다만 관리를 내쫓거나 승진시키는 것에 대해 조정의 의사를 따르고 장단점에 대해 의론을 따르고 충성을 다하여 비할 바가 없는 자가 자신의 뜻을 따른 것에 이르러서는 모문룡 장군

이 동강을 전적으로 통제했다고 해서 그가 지위를 탐하고 녹을 사모하
였다고 말해서는 안 될 것이다.

강동(江東)은 총애가 깊고 권한이 무거운 곳이라 참으로 대신을 불러
의론해야 하는 것이 확실하나, 여러 사람의 손을 거쳐 분별하려 했던
것이 바로 질투를 초래한 원인이다. 이에 모문룡 장군은 그곳에 남아서
일이 커지기 전에 미연에 방지하는 것을 보여주려 했으나, 조정에서는
이 때문에 깊은 우려가 없을 수 없었다. 그러나 모문룡 장군은 떠나도
좋고 죽어도 좋다고 여겼으니, 그의 심사를 또한 헤아릴 만하다.

원문과 주석

遼海丹忠錄 卷七

요해단충록 7

第三十一回 有俊自刎鐵山關 承祿扼虜義州道

虜騎向邊臨，旗旌障日陰。
揮戈無剩力，借箸[1]欲枯心。

玉壘何嫌固，湯池豈厭深。
援師渺安駐，空谷足來音。

右近體用張睢陽[2]韻

　　國家雖安，忘戰必危[3]。當日奴酋[4]身死，中外便有一箇息肩[5]的肚腸，還又把箇常情度量道：“奴子必竟爭立，家中必有干戈，何能及遠！”故關上曾差喇嘛僧[6]去吊孝[7]，看他動靜。不知奴子已立[8]，衆皆貼然[9]。他狡獪傳家，

1　借箸(차저): 젓가락을 빌린다는 뜻으로, 남을 위하여 책략을 세운다는 의미. 漢高祖 劉邦이 식사 중에 張良이 들어와 고조의 젓가락을 빌려 산가지로 삼아 계책을 의논한 고사에서 나온 말이다.

2　張睢陽(장수양): 唐玄宗 때 安祿山의 난에 군사를 일으켜 적을 토벌한 張巡을 가리킴. 장순, 姚誾, 南霽雲, 許遠 등은 수양을 굳게 지켜 2년을 버티다가 성이 고립되고 원군이 이르지 않아 결국 식량이 떨어지고 사졸이 없어 성이 함락되어 사로잡히고 말았다.

3　國家雖安, 忘戰必危(국가수안, 망전필위): 병법가 司馬穰苴가 지은 《司馬法》〈仁本〉의 "나라가 비록 강대하다 해도 전쟁 일으키기를 즐겨하면 틀림없이 망할 것이요, 천하가 비록 안정되었다 하나 전쟁을 잊고 살면 틀림없이 위험해질 것이다.(國家雖大, 好戰必亡, 天下雖安, 忘戰必危.)에서 나온 말.

4　奴酋(노추): 누르하치(Nurhachi, 奴爾哈齊(또는 奴兒哈赤), 1559~1626). 여진을 통일하고 1616년 후금을 세워 칸(汗)으로 즉위하였으며, 명나라와의 크고 작은 전쟁에서 여러 번 대승을 거두어 청나라 건국의 초석을 다졌다. 그가 병사한 후 아들 홍타이지가 국호를 대청으로 고치고 청나라 제국을 선포했다. 조선에서 누르하치를 奴酋로 슈르하치(Šurgaci, 舒爾哈齊(또는 速兒哈赤), 1564~1611)를 小酋로 불러 두 사람에게 추장이라는 칭호를 붙인 셈이다.

5　息肩(식견): 어깨를 쉬게 한다는 뜻으로, 무거운 책임을 벗음을 비유하여 이르는 말.

6　喇嘛僧(나마승): 라마교의 승려.

反又借款款我, 答關上玄狐皮·人參·貂鼠之類, 示關上一箇可款之機, 使關上不遽絶他。他却幷心在鐵山[10]雲從[11]一路。

雲從島, 前有西彌島, 後有珍珠島, 陸路離鐵山八十里, 水路離鐵山三十里, 離義州[12]水陸路俱一百六十里, 原與奴不遠, 聲息必聞。十一月中, 已有回鄉王什祿來報說: "十二月奴子大王子[13], 與六王子[14]出兵犯搶寧遠[15], 只怕東兵搗巢, 要先發兵封截江邊。" 又報: "河西差官前往講和, 許他撫賞銀子·酒器·段布, 奴子計議道: '等他償我, 只管[16]竟收.'" 毛帥知此信息[17], 恐他借和緩我軍心, 仍圖猝犯, 連具揭登撫, 轉報[18]關上嚴防。不期奴子與佟李[19]主意[20], 道: "關上既在此[21]講和, 他斷不遽然發兵來犯遼陽[22]。況

---

7 吊孝(조효): 弔孝. 조문함.

8 奴子已立(노자이립): 후금의 貝勒(버일러)들이 홍타이지[皇太極]를 새로운 칸(汗)으로 옹립한 것을 일컬음. 그는 추대에 의해 즉위했지만 大貝勒 둘째형 다이샨[代善], 三貝勒 다섯째형 망굴타이[莽古爾泰], 二貝勒 사촌형 아민(阿敏)과 사실상 공동 집정이었다고 하겠다.

9 貼然(첩연): 침착하게 안전한 현상. 질서정연한 모습.

10 鐵山(철산): 鐵山. 평안북도 서쪽 끝에 있는 지명.

11 雲從(운종): 雲從島. 평안북도 鐵山郡 雲山面에 속하는 섬이다. 조선에서는 椵島라고 부르고, 명나라에서는 皮島라 부른다. 모문룡이 雲從島라 불렀다.

12 義州(의주): 평안북도 북서단에 위치한 고을 이름.

13 大王子(대왕자): 1626년에 大貝勒이던 代善(1583~1648)을 가리키는 듯.

14 六王子(육왕자): 누르하치의 일곱아들 阿巴泰(1589~1646). 누르하치의 첫째아들 褚英이 1615년에 죽었기 때문이다.

15 寧遠(영원): 중국 遼寧省 鞍山市에 있는 지명.

16 只管(지관): 오로지 ~만 돌봄. 주저하지 않음.

17 信息(신식): 소식이나 편지.

18 轉報(전보): 중간에서 알려줌.

19 佟李(동이): 佟養性과 李永芳을 합해 이르는 말. 佟養性은 명나라 말기의 여진인으로 명나라의 관직을 받았으나 이후에 건주여진으로 투항한 인물이다. 아버지를 따라 명나라에 투항하여 요동에 정착하였다. 1616년 누르하치가 後金을 건국하자, 그와 내통하였고 撫順을 함락하는데 기여하였다. 누르하치가 종실의 여인을 아내로 주었으므로 어푸(額駙, efu) 칭호를 받았고 三等副將에 제수되었다. 1631년부터 귀순한 漢人에 대한 사무를 전적으로 관장하게 되었고 火器 주조를 감독한 공으로 암바 장긴(大將軍, amba janggin)이 되었다. 1632년 홍타이지가 차하르(察哈爾, cahar) 몽골을 공격할 때에 심양에 남아

興兵動衆, 更須多日, 他救東江[23]是假的, 毛文龍逼近[24]老巢新城, 我一動犯搶, 他便搗虛, 他救關却是眞的。不若聲言[25]犯關, 暗襲毛文龍, 以絶後患。"況是[26]朝鮮義州節制使道: "自毛帥在了鐵山, 弄得[27]他州裏不是搗巢兵往來, 就是遼民來住宿, 騷擾得緊。"意思要奴兵驅他入海, 也得安靜, 暗約奴兵, 若來便與他做鄉導[28], 只不要殺害他地方。初時奴子還恐是誘他, 後來道: "毛文龍我決要起大兵勦殺的, 若要我不擾你義州地方, 你須着人伴[29]我兵馬, 扮你麗人, 掩襲他沿江屯堡, 方纔可免。"義州節制一一應了。大王子與二(六)王子, 各領了四萬人馬, 共八萬, 黑夜趕來。

此時二月十四日, 毛帥正在雲從島。這邊奴兵前哨已扮作麗人, 把沿途一帶撥夜, 盡皆殺的殺, 拿的拿了, 隨後[30]拿了撥夜都司毛有俊, 解與大王子。大王子叫放了綁, 好好問他道: "你是毛家家丁[31]麼? 你知道毛文龍在

수비하였는데, 이때 병으로 사망하였다. 한편, 李永芳(?~1634)은 누르하치의 무순 공격 당시 투항한 명나라의 장수이다. 1618년 누르하치가 무순을 공격하자 곧장 후금에 투항하던 당시 명나라 유격이었는데, 누르하치는 투항에 대한 보답으로 그를 三等副將으로 삼고 일곱째아들인 아바타이(阿巴泰, abatai)의 딸과 혼인하게 하였다. 이후 그는 淸河·鐵嶺·遼陽·瀋陽 등지를 함락시킬 때 함께 종군하여 그 공으로 三等總兵官에 제수되었다. 1627년에는 아민(阿敏, amin)이 지휘하는 후금군이 조선을 공격한 정묘호란에도 종군하였는데, 전략 수립 과정에서 아민과 마찰을 빚어 '오랑캐(蠻奴)'라는 모욕을 당하기도 하였다. 그럼에도 불구하고 그는 修養性과 함께 투항한 漢人에 대한 누르하치의 우대를 상징하는 인물로 자주 언급되었다

20 主意(주의): 出主意. 계획을 세움. 방도를 생각해냄.

21 在此(재차): 在此之前. 이전에.

22 遼陽(요양): 중국 遼寧省 중부에 있는 지명.

23 東江(동강): 皮島를 달리 지칭하는 말.

24 逼近(핍근): 바싹 접근함. 바싹 다그침.

25 聲言(성언): 공언함. 표명함.

26 況是(황시): 하물며. 게다가. 더욱이.

27 弄得(농득): ~하게 함.

28 鄉導(향도): 嚮導. 길을 인도함.

29 人伴(인반): 수행원.

30 隨後(수후): 뒤이어. 바로 뒤에.

31 家丁(가정): 관원이나 장수에게 소속된 하인이나 사적 무장 조직. 將領에게 소속된 정식 군대 외에 사적 조직으로 만들어진 최측근 친위 정예 부대를 일컫기도 하였다.

那裏? 你領我去拿了他, 我就封你在鐵山做箇總兵." 毛有俊道: "毛爺是我恩爺, 我肯領你去害他麼!" 說罷, 自知不從, 必被他害, 忙奪側首韃子的刀, 向喉下自刎.

數年蒙卵翼[32], 方寸銘恩深.
肯惜臨危死, 令人笑二心.

大王子見了道: "打破鐵山·雲從島, 自有毛文龍, 我也何必逼他." 竟領兵攻鐵山關. 關上防守的是都司劉文擧, 忙放火器, 當不得他人多, 也不盡由關上, 穴岩度嶺, 都已到鐵山, 圍繞了總鎭府, 遍處[33]搜尋毛帥. 劉都司知事不支, 却死戰不走. 來招降又不肯從, 竟爲所殺.

身當虎豹關[34], 獨作熊羆氣.
肯爲汶汶[35]生, 甘作烈烈死.

山中兵民紛紛逃竄, 奴子都不行傷害, 道: "我止要毛文龍, 你們各安生業." 盡行招撫, 不害一人. 十五(日), 大王子又先領兵四萬, 向雲從島來. 毛帥知得鐵山已陷, 一面分兵防守皮島, 一面自督兵據住關口, 迭放火器. 奴兵乘冰凍, 水陸兩處並進, 毛帥把一箇雲從島兵馬擺得滿滿的, 與他相拒, 互有殺傷. 毛帥身先將士, 左右臂·身上, 也中了三箭, 毛帥猶自不敢懈怠. 正相拒時, 只聽得一聲響處, 風雨大作, 西南洋裏飛起一條

---

32 卵翼(난익): 어미 새가 알을 품듯이 아이를 품에 안고서 고이 기름을 비유적으로 이르는 말.
33 遍處(편처): 도처. 곳곳. 사방.
34 虎豹關(호표관): 방비가 엄한 변방의 관문을 이르는 말. 《楚辭》〈招魂〉의 "호랑이와 표범이 아홉 겹의 하늘 관문을 지키고 있으면서, 아래에서 올라오려고 하는 자들을 잡아 죽인다.(虎豹九關, 啄害下人些.)"에서 나오는 말이다.
35 汶汶(문문): 더럽고 욕됨. 불명예, 치욕, 도리에 어두운 모양이다.

黑龍來。

宛轉玄雲百丈, 蜿蜒墨霧一行。
鱗如點漆耀寒芒[36], 掀起半洋[37]風浪。

黯黯北方正色, 翩翩東海飛揚。
淸波相映倍生光, 奮鬣雲霄直上。

想是[38], 聽了銳炮之聲, 誤作雷動, 竟自海底飛出, 冰凌俱裂開, 還帶有冰雹, 如雨似奴兵頭上打去。奴兵只得[39]暫收, 對雲從島下營[40]。毛帥分付內丁都司毛有德・毛有見, 參將尤景和, 各領兵一千, 乘夜搗他各營。三箇得了將令, 各帶火器鎗砲, 悄悄出島掩殺[41]。果是奴兵倚恃自己兵多, 道毛帥兵少, 只可自守, 不敢出兵, 不曾防備, 被他三箇領兵橫行直撞[42], 在虜營內沖打, 可也打死奴兵數千。毛有德・毛有見, 因要乘亂入取大王子, 深入虜營, 被賊攢箭交射, 各中數十矢, 死在賊營, 三路兵也共折有七百多人退回。

十六日, 大王子惱怒, 急調六王子兵一齊到來, 定要[43]攻破此島, 擒捉毛帥。毛帥抵死[44]防守, 不令得入, 只是賊兵勢大, 來兵因分出, 防守勢單,

---

36 寒芒(한망): 야생의 갈대.
37 半洋(반양): 漢高祖에게 반기를 들다 패망한 田橫이 그의 문객들과 한고조를 피해 살았던 섬. 일명 田橫島 또는 嗚呼島라고도 한다.
38 想是(상시): 생각건대.
39 只得(지득): 할 수 없이.
40 下營(하영): 군대를 멈추고 진을 쳐서 주둔하는 것을 말함.
41 掩殺(엄살): 불시에 습격하여 죽임.
42 橫行直撞(횡행직동): 橫衝直撞. 제 세상인 양 설치고 다님. 제멋대로 활개를 침. 종횡무진 돌진함.
43 定要(정요): 반드시.
44 抵死(저사): 결사적으로. 죽음을 각오하고 굳세게 저항함.

人心不免搖動。島中向有降夷千餘, 毛帥將精壯猛勇的收入麾(下), 在帳房前後歇宿。又各處陣上擒了韃賊, 不下千餘, 裏邊有幾箇降夷, 約定毛帥帳下降夷, 創謀要在夜間放火燒屋, 乘勢放出向擒韃子, 合勢砍關, 放奴酋入島。毛帥也還不知。有幾箇內丁, 見降夷們都著甲, 尋有器械, 事涉可疑, 忙來稟報毛帥。毛帥道: "他是要爲我出戰." 便叫降夷頭目。一時有五七箇頭目來見, 毛帥道: "三五日間, 要你們上陣, 我每日分付與你酒一瓶, 肉一觔, 可有麼?" 答應道: "沒有." 毛帥便大怒, 叫管理官, 叫到[45]說: "他故違將令, 剋減酒肉." 那管理再三辯是人多, 島中一時要千餘瓶酒‧千餘觔肉, 也不能得。毛帥還道他不稟, 又委曲處置, 將那管理打了三十棍。叫分撥各將管領, 一箇將官管二十名, 將帳下這干降夷都調開, 又暗暗分付, 夜間斬首。到十七夜, 這些降夷舉火燒屋, 吶喊[46]時, 沒箇來應的, 都遭擒拿。毛帥又恐擒來夷人作禍, 俱行砍殺, 雲從島中從此無事, 不愁中變了。相拒數日, 奴子不能取勝, 只得退回。

墨翟[47]守偏奇, 公輸[48]計莫施。
人和地逾險, 休向鐵山窺。

在宣川[49]下了營, 道是朝鮮哄他來, 不能擒得毛帥, 大惱, 就將朝鮮地方

---

45 叫到(규도): 叫道의 오기인 듯. 큰 소리.
46 吶喊(납함): 적진을 향해 돌진할 때 여러 군사들이 일제히 고함을 지르는 것.
47 墨翟(묵적): 墨子의 본명. 전국시대의 사상가이자 兵法家. 諸子百家라고 할 만큼 많은 사상가들이 출현해서 제각기 활약을 펼쳤는데, 묵자는 당시로서는 드물게 兼愛(무차별적인 박애)와 평화주의를 제창한 독특한 인물이었다. 묵자가 宋나라에 봉직하고 있을 때, 楚나라의 公輸般이라는 병법가가 雲梯라는 성을 공격할 수 있는 병기를 발명해서 송을 공격하려 했지만 묵자가 직접 초나라에 가서 공수반과 초왕을 설득해 공격을 중단시켰다.
48 公輸(공수): 公輸子. 춘추시대 魯나라의 나무를 잘 다루던 유명한 목수. 이름 般. 나무와 대나무를 깎아 만든 까치가 아주 교묘하더니, 하늘을 날아 사흘 동안 내려앉지 않았다 한다.
49 宣川(선천): 평안북도 선천군의 중남부에 있는 고을. 1621년에 명나라의 毛文龍이 요동 백성들을 거느리고 선천에 와서 머물러 있었는데, 후금의 군사들이 모문룡이 있는 곳

殺掠。二十日，攻下[50]朝鮮郭山[51]，殺死了朝鮮兵馬六七萬，燒壞他糧米百
餘萬石。又要去攻打安州[52]，到義州，殺義州節制使[53]。也是叫做呼蛇易
遣蛇難，　也只叫做害人自害。朝鮮全羅道・京畿道・平安道・咸鏡道・黃
海道，各各屯兵，據險自守，也有與奴兵相拒的，奴兵就也不能深入。毛帥
知他也不能奈朝鮮何，朝鮮火到身上，也不得不撲，就待要[54]乘他的疲敝
破他，傳令遊擊曲承恩，將烏龍[55]・鴨綠江上凍盡行打開，江中船隻盡行拘
制，使援兵不得接應[56]，便這兩王子也不得回。又差都司毛有詩，收拾鐵
山・宣川敗殘人馬，守住[57]鐵山，自己帶領陳繼盛・項選・毛承祿，各各抄
路[58]四出，相機攻擊。仍飛報登撫，道：“奴酋精銳八萬，俱阻朝鮮未回，遼
陽[59]四王子[60]部下空虛。關上正宜發兵攻討，勢可必勝。”且上疏乞糧餉[61]
接濟[62]。屢奉聖旨，着登撫發水兵爲東江之援，爲犄角之勢[63]。又着毛帥

을 비밀히 감지하고 병사 수천 명을 보내 몰래 강을 건너와 기습한 사건. 이 일로 인해
모문룡은 椵島로 쫓겨 들어갔다.

50 攻下(공하): 공격하여 함락시킴.

51 郭山(곽산): 평안북도 남부 해안에 있는 정주 지역의 옛 지명.

52 安州(안주): 평안북도 兵營의 소재지.

53 節制使(절제사): 南以興(1540~1627)을 가리킴. 본관은 宜寧, 자는 子豪, 호는 城隱.
武科出身 후 宣傳官, 忠淸道와 慶尙道의 兵馬節度使, 龜城府使와 安州牧使를 歷任했다.
李适의 亂이 있자 勇戰해서 振武功臣이 되고 宜春君에 봉해졌다. 丁卯胡禍 때 寧邊府使로
있으면서 安州에서 戰死하였다.

54 待要(대요): ~할 생각임. ~하려고 함.

55 烏龍(오룡): 烏龍江. 평안북도 정주시 오룡동에 있는 五龍江의 오기. 오룡동의 동쪽에
서 발원하여 장수탄강에 흘러드는 개울이다.

56 接應(접응): 지원함.

57 守住(수주): 단단히 지킴.

58 抄路(초로): 지름길.

59 遼陽(요양): 중국 遼寧省 중부에 있는 지명.

60 四王子(사왕자): 누르하치의 다섯째아들 莽古爾泰(1587~1633). 누르하치의 첫째아들
褚英이 1615년에 죽었기 때문이다.

61 糧餉(양향): 군대의 양식.

62 接濟(접제): 구제함. 도움. 원조함.

63 犄角之勢(의각지세): 사슴을 잡을 때 사슴의 뒷발을 잡고 뿔을 잡는다는 뜻으로, 앞뒤

相機應援朝鮮, 無懷宿嫌, 致誤大計。糧餉着登撫暫那登青萊三府倉儲,
乘風刻日[64], 開帆接濟。又動支[65]贓罰[66], 勵戎士, 便發硝黃, 壯軍聲[67]。

袁撫[68]亦因聖旨嚴切, 先着水兵都司徐勇曾爲前鋒, 張斌良爲中軍, 任
叆爲後勁[69], 各船二十隻, 兵五百名, 令虛聲援應。又在關寧[70]選兵九千,
令左甫爲先鋒, 趙率敎[71]居中, 朱梅後應, 畢自肅爲監軍, 進逼三岔河[72], 聲

───────────────────────────

에서 적을 몰아침을 비유적으로 이르는 말.

64 刻日(극일): 다그침. 서두름.

65 動支(동지): 돈을 지출함.

66 贓罰(장벌): 몰수한 재산. 贓罪를 범하면 장죄를 범한 범인에게 장물의 시장 가치에
상응하는 형벌을 일정한 환산법에 따라 부과하고, 더불어 그 대상인 장물은 元主人에게
귀속시키는 것이 원칙이다. 원주인이 관일 때에는 몰수하여 관에 들이고, 원주인이 개인
일 때에는 주인에게 돌려준다. 明代에는 이런 의미의 장벌 금·은을 저장하는 창고로서
贓罰庫를 설치하여 戶部가 관장하였다. 淸代에는 장벌고를 刑部가 관장하였고, 그 자금으
로 囚衣와 囚糧을 마련하였다.

67 奴酋精銳八萬~便發硝黃(礦)壯軍聲(노추정예팔만~편발초황장군성):《明實錄》1627년
3월 庚午條에 나옴.

68 袁撫(원무): 袁崇煥(1584~1630)을 가리킴. 明나라 말기의 장군이다. 1622년 御使 侯
恂에게 군사적 재능을 인정받아 兵部의 職方司 主事가 되었다. 당시 明나라는 王化貞이
이끄는 군대가 후금에 크게 패하여 만주의 지배권을 후금에 완전히 빼앗겼다. 후금은 遼
陽과 廣寧을 점령하고 山海關을 넘보고 있어 北京도 위기감에 휩싸여 있었다. 이러한 상
황에서 袁崇煥은 홀로 遼東 지역을 정찰하고 돌아와서는 스스로 山海關의 방위를 지원했
다. 그는 兵備檢事로 임명되어 山海關으로 파견되었다. 당시 明軍은 山海關의 방어에만
모든 힘을 기울이고 있었다. 하지만 원숭환은 山海關 북쪽에 성을 쌓아야 효과적으로 방
어를 할 수 있다고 보고, 寧遠城(지금의 遼寧 興城)을 개축할 것을 조정에 건의했다. 그리
고 1623년부터 1624년까지 영원성을 10m의 높이로 새로 쌓았고, 포르투갈 상인들에게
구입하여 '紅夷砲'라고 불리는 최신식 대포를 배치하였다. 1626년 누르하치가 遼河를 건
너 영원성을 공격해 왔으나, 원숭환은 우월한 화력을 바탕으로 후금의 군대를 물리쳤다.
明은 1618년 이후 후금에게 계속 패전만 거듭해 왔는데 원숭환이 비로소 승리를 거둔 것
이다. 이 전투를 '寧遠大捷'이라고 하며, 그 공으로 원숭환은 兵部侍郎 겸 遼東巡撫로 승
진하였다. 1627년에는 영원성과 錦州城에서 후금의 太宗 홍타이지[皇太極, 1592~1643]
의 공격도 물리쳤는데, 이는 '寧錦大捷'이라고 부른다. 이처럼, 후금의 침략에 맞서 遼東
방어에 공을 세웠지만 1630년 謀反의 누명을 쓰고 처형되었다.

69 後勁(후경): 침입이나 피해를 당할 수 있는 후부를 미리 막아서 지키는 병정.

70 關寧(관녕): 關寧鐵騎. 袁崇煥이 편제 훈련시킨 요동 현지인으로 조직한 철기병이다.

71 趙率敎(조솔교, 1569~1629): 명나라 말기 將領. 總兵, 左都督, 平遼將軍을 지냈다.
袁崇煥의 부하 장수였다.

言搗巢。

那廂毛帥各將, 毛承祿與麗夾擊, 大敗奴兵于義州。陳繼盛乘奴兵回
巢, 經晏廷關, 從後尾擊, 也大敗奴兵。項選伏兵在鐵山, 待奴兵夜至, 被
他銳炮齊發, 打死韃賊無數, 所擄朝鮮人畜金帛, 盡行奪下, 各水軍又在渡
江時邀其半渡, 亦得全勝。這戰雖毛帥大爲所挫, 奴子却亦大喪士馬, 勝
負實兩相當[73]。

老酋天斃, 逆雛嗣興, 爾時必有一番更張震動。使毛鎭[74]移其死鐵山·
雲從之死士, 使致死于新城[75]老寨之間, 而袁撫亦以援東江之水陸, 並進
于三岔以東, 登撫鎭合各島, 進據南衛諸地, 開一網有佟李, 裂河東以外分
降夷, 命王世忠[76]承北關[77]之緒, 卽奴子中有送款者, 亦得分長建州, 奴子
非降卽走。然後宿重兵于清河[78]撫順[79], 更發兵一支, 佐王世忠復有北關,
以關寧[80]這全力, 分屯遼瀋開鐵[81], 以東江之全力, 分屯四衛[82]鎭江[83], 或亦

72　三岔河(삼차하): 중국 吉林省 북서단에 있는 강.
73　相當(상당): 엇비슷함. 대등함.
74　毛鎭(모진): 만주에서 일어난 후금이 명나라의 遼陽을 공격, 함락시켰을 때 遼東都司
毛文龍이 남은 군사를 이끌고 조선의 鐵山 앞바다에 있는 椵島에 들어와 세운 군진.
75　新城(신성): 중국 遼寧省 撫順 동북쪽 북관산 위에 있었던 성.
76　王世忠(왕세충): 본명은 克把庫 또는 革巴庫. 海西女眞 哈達部 酋長 孟格布祿의 둘째
아들이다. 합달부가 멸망한 후에 명나라로 들어와 성장하고 관리가 되어 옛 땅을 회복하
려 하였지만 청나라가 산해관으로 진입해 들어온 후에는 청나라에 투항하였다.
77　北關(북관): 鎭北關이 開原의 북쪽에 있어서 北關이라고 불렸고 廣順關이 진북관보다
남쪽에 위치해 있어서 南關이라고 불렸기 때문에, 명나라는 진북관의 동쪽에 있는 예허부
(葉赫部)를 이르는 말.
78　清河(청하): 중국 遼寧省 鐵岭市에 있는 지명.
79　撫順(무순): 중국 遼寧省 중부에 있는 탄광 도시.
80　關寧(관녕): 山海關과 寧遠을 합해 이르는 말. 산해관은 국 河北省 북동쪽 끝, 渤海灣
연안에 있는 도시이다. 만리장성의 동쪽 끝에 있는 관문으로, 예로부터 군사 요충지이다.
81　遼瀋開鐵(요심개철): 遼陽, 瀋陽, 開原, 鐵嶺을 합해 이르는 말. 遼陽은 중국 遼寧省
중부에 있는 지명이고, 瀋陽은 중국 遼寧省의 星都로 청나라 初期의 수도이기도 했고,
開原은 중국 遼寧省 瀋陽 북동쪽의 현이고, 鐵嶺은 중국 遼寧省 瀋陽의 북동쪽에 있는
지명이다.

固兩河之策乎! 奈何懲戰[84]之害不知出此, 反眷眷乎爲鐵山之潰·寧錦[85]
之拒也。兩人蓋知後着之支撐, 而不知先着者哉, 吾甚惜此機會矣。

鐵山失事, 終是疎略, 但家丁多死事之人, 亦見養士之報。

---

82 四衛(사위): 海州衛, 蓋州衛, 復州衛, 金州衛를 가리킴.

83 鎭江(진강): 鎭江堡. 중국 遼寧省 丹東의 북동쪽에 있는 요새지.

84 懲戰(징전): 征戰. 정벌 전쟁.

85 寧錦(영금): 寧錦大捷. 1626년 누르하치가 30만 대군으로 공격해온 것을 영원성에서
원숭환이 우월한 화력을 바탕으로 물리친 전투와 1627년 청태종이 공격해온 것을 금주성
에서 원숭환이 물리친 전투를 일컬음. 특히, 영원성 전투는 1618년 이래 후금과 벌인 전투
에서 승리한 최초의 전투이자 누르하치의 첫 패배이었다. 이 전투에서 홍이포에 부상을
당한 누르하치는 그 후유증으로 사망한 것으로 전해진다.

第三十二回 除民害立斬叛賊 抒丹心縛送孤山

戰歇雲從嘆不禁, 凋殘士馬盡悲吟。
扶危[1]終是英雄事, 不轉常存烈俠心。

佞舌關關聲自竊, 丹衷黯黯誼猶深。
艱危歷試渾無二, 堅確應同百鍊金。

常看古來英雄, 不肯背人的, 是箇韓信[2]。他感漢王[3]大恩, 雖許他三分天
下, 也不聽。但當時韓信已得了三齊[4], 不是計窮力竭[5]之時, 不降也不爲

1　扶危(부위): 위급한 사태를 해결함.
2　韓信(한신): 중국 秦나라 말기에서 韓나라 초기 사이의 인물. 劉邦으로부터 韓王으로
봉해져 潁川 일대를 봉지로 받았다. 그러나 유방은 그곳이 전략적 요충지이므로 한신이
반란을 일으킬 것을 우려해 봉지를 太原 이북으로 옮기고 晉陽을 도읍으로 삼게 했다.
그러자 한신은 진양이 북방의 경계와 거리가 너무 멀어 흉노의 침공을 방어하는 데 문제
가 있다며 도읍을 馬邑으로 옮길 수 있게 해달라고 청하여 허락을 받았다. 그해 가을에
흉노의 선우(單于) 冒頓이 대군을 이끌고 쳐들어와 마을을 포위하자, 한신은 흉노 진영으
로 사신을 보내 강화를 청했다. 이에 유방은 한신이 흉노와 결탁해 반역을 꾀한다고 의심
해 사신을 보내 책망했고, 목숨을 빼앗길 것을 우려한 한신은 흉노와 연합해 반란을 일으
켜 태원을 공격했다.
3　漢王(한왕): 劉備를 가리킴. 蜀漢의 초대 황제인 昭烈帝. 자는 玄德. 前漢 景帝의 후예
로, 184년 關羽, 張飛와 의형제를 맺고 황건적 토벌에 참가하였으며 이후 여러 호족 사이
를 전전하다가 諸葛亮을 얻고, 孫權과 동맹을 맺어 赤壁 싸움에서 남하하는 曹操의 세력
을 격퇴시켰다. 이후 荊州와 익주를 얻고 漢中王이 되었으며, 2년 후 蜀을 세워 첫 황제가
되었으나 형주와 관우를 잃자, 그 원수를 갚으려고 대군을 일으켜 吳와 싸우다 이릉 전투
가 패배로 끝나고, 白帝城에서 제갈량에게 아들 劉禪을 부탁한 후 병사하였다.
4　三齊(삼제): 項羽가 봉한 것으로, 田市의 膠東, 田安의 齊北, 田都의 臨淄를 가리킴.
이들 세 나라는 모두 옛 齊나라 땅이었으므로 부른 것이다.
5　計窮力竭(계궁역갈): 모든 힘을 다 써서 도저히 어찌할 수 없음을 이르는 말. 계책이
궁하고 힘이 다함을 이르는 말이다.

難。若到計窮力竭之時, 在降之中寓一箇婉轉不降之意, 無如雲長公[6], 始降漢不降曹[7], 究竟棄曹而歸漢。但我以爲此段固是雲長公忠貞不磨, 亦是箇天佑。設使一箇事機不得湊巧, 不得伸其志, 後邊那一箇爲他表白! 如李陵[8]因戰敗降胡, 道: "陵之不死, 將以有爲也。" 誰則信之。故大英雄, 人立得定, 見得破, 遇盤根錯節[9], 正可見利器, 只有箇竭力致死, 無有二心。

毛帥當日雲從之戰, 後邊雖也邀截他歸師, 也曾獲勝。但當日奴兵勢大, 人心搖動, 差去救援宣川的是箇家丁, 都司毛永顯, 他也不顧毛帥, 撤下領的一千兵, 帶了些家眷兵丁有二百多人, 自向旅順[10]逃了。做了箇平時的父子, 急難的路人。向委守島的參將高萬重, 他在島中風聞得鐵山失

6　雲長公(운장공): 關羽. 漢의 勇將이다. 용모가 魁偉하고 긴 수염이 났다. 張飛와 함께 劉備를 도와서 공이 크며, 뒷날 荊州를 지키다가 呂蒙의 장수 馬忠에게 피살되었다. 중국의 민간에서 忠義와 武勇의 상징으로 여겨져서 신앙이 두터워 각처에 關王墓가 있다. 의리 때문에 조조에게 항복한 그는 조조와 원소 사이에서 싸움이 일어나자 원소 휘하의 맹장 顔良과 문추를 죽여 보은하고 옛 주인은 유비에게 가기 위해 조조의 곁을 떠나는 대목을 '關雲長 千里獨行'이라 일컫기도 한다.

7　曹(조): 曹操를 가리킴. 자는 孟德. 권모술수에 능하고 詩文에 뛰어난 武將으로, 黃巾의 난을 평정하고 獻帝를 옹립하여 실권을 쥐고 華北을 통일하였다. 赤壁싸움에서 孫權·劉備 연합군에게 크게 패하여, 중국 천하는 3분되었다. 獻帝 때 魏王으로 봉함을 받았다. 그의 아들 丕가 제위에 올라 武帝로 追尊하였다.

8　李陵(이릉): 漢나라 사람. 자는 少卿. 젊어서부터 기마와 궁사에 능하였다. 李廣利가 흉노를 쳤을 때 보병 5,000을 인솔하여 출정, 흉노의 배후를 기습하여 이광리를 도왔다. 그러나 歸路에 무기와 식량이 떨어지고 8만의 흉노군에게 포위되어 항복하였다. 이릉은 큰 욕을 참고 뒷날을 기약하기 위해 항복하였으나, 武帝는 그 사실을 듣고 크게 노하여 그의 어머니와 처자를 죽이려 하였다. 이때 司馬遷은 이릉을 변호한 탓으로 무제의 분노를 사서 宮刑에 처해졌다. 이릉은 흉노에 항복한 후 單于의 딸을 아내로 맞아들였고, 右校王으로 봉해져 선우의 군사·정치의 고문으로서 활약하다 몽골고원에서 병사하였다. 오랑캐에 항복한 장수, 혹은 그 忠義를 제대로 인정받지 못한 장수의 대명사로 쓰인다.

9　盤根錯節(반근착절): 서린 뿌리 얼크러진 마디라는 뜻으로, 일이 복잡해서 처치하기 곤란한 것을 비유하는 말. 보통 걸출한 재능을 발휘할 수 있는 절호의 기회라는 뜻으로 쓰이곤 한다. 後漢의 虞詡가 "반근착절의 상황을 만나지 않는다면, 칼이 예리한지 무딘지 분간할 수가 없으니, 지금이야말로 내가 공을 세울 기회이다.(不遇盤根錯節, 無以別利器, 此乃吾立功之秋.)"라고 말한 고사가 전한다.

10　旅順(여순): 중국 遼寧省 요동반도의 남서단에 있는 항구도시.

守。他着令中軍劉璋, 把島中收拾一空, 還把一箇池鳳羔·高豎武的妻小家財都佔了, 女婦[11]共有五十餘箇, 貨物二船, 又將商人守凍的米盡行分做行糧, 竟逃入登州[12]。其餘還有李鑛·李鉞·鄭繼魁·馬承勛, 或是臨陣[13]棄兵而逃, 或是守汛棄地而逃, 各不相顧。毛帥只得按軍法行事, 把逃回被人拿到的, 砍了四箇, 號令軍中, 謠言惑衆的, 割了耳, 人心稍定。只是義州一帶, 守堡[14]俱遭殺害, 鐵山·宣川, 俱遭剋陷, 人民逃散, 糧食不存, 雲從·皮島雖未破, 却遭降韃放火燒糧, 糧食不敷, 各處客商與解來糧, 俱聞兵亂, 沒箇敢來。剩有陳繼盛·毛承祿這干患難不離, 也只得從在島客商, 借得些豆麥充饑, 豆麥還不足, 還又把死牛馬肉湊飽。

　　窮聞羅雀難充食, 變至烹童未解饑。
　　恃有貞心堪固結, 任敎濱死也相依。

可憐當日毛帥剪荊鋤棘, 鑿壕建堡, 開闢成的地方, 推食解衣[15], 遠柔近撫, 招來得的百姓, 都經蹂躪殺掠, 盡變了荒涼之景。奴酋知他困窮, 意思要招降他, 若他肯連和, 使無內患, 得以專攻寧錦; 就不降看得他島中人馬不足, 糧餉不敷, 不能出兵搗巢, 且把和哄誘着他, 這廂長驅直走關上, 也無後慮。

其時一箇馬秀才[16]願往。這馬秀才是開原一箇廩生[17], 平日也是上衙門

---

11 女婦(여부): 婦女가 익숙한 표현.
12 登州(등주): 중국 山東省에 있는 지명.
13 臨陣(임진): 전쟁에 나아감.
14 守堡(수보): 守堡官. 堡를 지키는 무관. 堡는 흙과 돌로 쌓은 작은 성을 말한다.
15 推食解衣(추식해의): 밥을 나누어 주고 옷을 벗어준다는 뜻으로, 남에게 각별히 은혜를 베푸는 것을 이르는 말. 韓信이 劉邦에게 귀순한 이유로 "한왕은 나에게 상장군의 인수를 내리고 수만의 군사를 주었으며, 자신의 옷을 벗어 나에게 입혀주고 자신의 밥을 나누어 주었으며, 어떤 말이나 계책도 모두 듣고 받아주었으니, 내가 여기까지 이를 수 있었던 것이다.(漢王授我上將軍印, 予我數萬衆, 解衣衣我, 推食食我, 言聽計用, 故吾得以至於此.)"라고 한 것에서 나온 말이다.

說分上[18]無恥之人, 開原失陷, 便閃臉降奴, 與他招撫村堡。降順的, 借進貢名色, 索他財帛;不降的, 竟將來殺害, 把他妻女家私盡皆掠去, 全遼被他害的也多。至此他自恃口舌伶俐, 動得毛帥, 要來。奴子便着他帶了奴子一箇信用的人可可孤山, 一箇都堂大海, 還有四箇夷人, 帶了禮物, 率領這干七騎, 竟到雲從島來。路上遼民認得的, 無不唾罵[19], 他却稱是天使, 怡然自得[20], 着人一路傳報, 來到轅門[21]。

擬將鸚鵡舌, 巧撥歲寒心[22]。

毛帥着他進見, 還穿了中國衣巾, 先行了箇庭參[23]。後邊叫可可孤山等過來相見, 送上四王子所送禮物。是:金馬鞍二付, 玄狐·皂貂圍子各一

---

16 秀才(수재): 州나 郡에서 뽑아 入朝케 한 才學이 뛰어난 사람을 가리키는 말. 우리의 생원과 같다.

17 廩生(늠생): 廩膳生員의 약칭. 관비생. 관청에서 돈과 양식 등을 지급한 생원. 생원에는 增生, 附生, 廩生, 例生 등이 있었다. 明代 초기에는 각 학교의 학생 수가 일정하게 정해져 있다가, 얼마 후에는 정원 외에 증원[增廣]을 마음대로 하였다. 그러다가 宣宗 때에 와서는 증원의 수도 정하는 동시에 학생들에게 廩料를 지급하였으니, 이를 廩膳生員이라 하고, 증원된 학생은 增廣生員이라 하였으며, 인재가 많아짐에 따라 정원 외에 더 뽑아 말석에서 청강하게 하였으니 이를 附學生員이라 하였다. 처음 입학한 부학생원을 제외한 이들 학생은 모두 국학에 뽑아 올리는 세공의 대상이 되었다. 이밖에 아직 입학하지 못한 士子들은 통틀어 童生이라 하였는데, 鄕試가 실시되는 해에 이들 중에서 한두 명의 우수한 자를 뽑아 여러 학생들과 함께 試場에 들어가게 하였으니 이를 充場儒生이라 하였다. 이들은 이 시험에서 합격할 경우 곧 擧人이 될 수도 있었지만, 합격하지 못할 경우는 提學官이 실시하는 시험이 있을 때를 기다려야만 하였다.

18 說分上(설분상): 說情. 사정을 봐 달라고 부탁함.

19 唾罵(타매): 더러운 놈이라며 침을 뱉어가며 꾸짖는다는 뜻으로, 몹시 더럽게 생각하거나 욕함을 이르는 말.

20 怡然自得(이연자득): 기뻐하며 만족해하는 모양.

21 轅門(원문): 軍營의 문.

22 歲寒心(세한심): 혹독한 상황에서도 변치 않는 절의를 말함. 《論語》〈子罕〉의 "날씨가 추워진 뒤에야 소나무와 잣나무가 늦게 시드는 것을 알 수 있다.(歲寒然後知松柏之後彫也.)"라고 한 것에서 나온 말이다.

23 庭參(정참): 하급 관리가 公庭에서 상관을 배알하는 일.

件, 人參十觔, 貂鼠皮十四張。

馬秀才先開言道: “大金國主久慕將軍, 願得通好, 薄具壤地之奠, 唯元帥叱存之.” 毛帥道: “我聞人臣無境外之交[24], 這我也不敢收。但諸君此來, 必有見教.” 可可孤山也是箇奴酋部中了得的人, 生得儀容[25]瑰岸[26], 善爲華言, 他說道: “我王兵力, 元帥所知, 雲從之戰, 兵威不盡加于元帥, 却用于勾引犯元帥之麗人, 我王不欲以力勝元帥, 欲以德懷元帥也。今元帥孤處海島, 與我王相仇殺, 中國並不聞一兵一船相救援。且內監[27]擅權, 山海一帶, 俱用內監鎭守[28], 更聞元帥地方, 亦有內臣。元帥誅荊剪棘得有此土, 況復[29]苦征惡戰以保之, 乃竟令一宦豎雍雍有之, 自反出其下乎! 知元帥當未肯甘心, 國王意思[30]差小官們來勸, 元帥背暗投明[31], 待元帥以不臣之禮[32], 尊以王爵, 且擧南四衛盡與元帥, 使得屯田牧放, 以給兵食, 何似仰給[33]登萊, 士嘗苦飢乎! 若元帥慮數年爭戰, 仇釁已深, 恐不相容, 不知我王大度夙聞。今當新立, 正開誠懷遠[34], 記功忘過, 斷不褊衷, 自塞

---

24 無境外之交(무경외지교): 국경 밖의 사람, 즉 외국 사람으로부터 선물을 받거나 교제해서는 안된다는 뜻.

25 儀容(의용): 풍채.

26 瑰岸(괴안): 魁梧. 우람함. 장대함.

27 內監(내감): 太監. 환관.

28 鎭守(진수): 명나라 때에 一方을 總鎭하는 것. 一路를 獨鎭하는 것을 分守라 하였으며, 一城이나 一堡를 각기 지키는 것은 守備라 하고, 主將과 더불어 같이 一城을 지키는 것이 協守이다. 遼東을 鎭守하는 관은 총병관 1인이며, 廣寧에 설치하였다가 河東遼陽으로 옮겨서 海州와 瀋陽을 조달하고 지원하고 방어하였다. 협수로 부총병 1인이 있고 분수로 參將 5인이 있었으며 遊擊將軍이 8인, 守備가 5인, 坐營中軍官이 1인, 備禦가 19인이었다.

29 況復(황복): 게다가. 더구나.

30 意思(의사): 성의. 친밀한 정.

31 背暗投明(배암투명): 어둠을 등지고 밝은 데로 나아감. 그른 길을 버리고 바른길로 돌아감.

32 不臣之禮(불신지례): 자신을 섬기는 신하는 아니지만 예로써 우대함.

33 仰給(앙급): 남의 공급에 의존함.

34 懷遠(회원): 먼 변방의 사람을 덕으로 어루만져 회유하는 것.

歸降之路。若元帥不相信, 便與元帥鑽刀立誓[35], 盟之神明, 並不相欺。”
毛帥道: “勝負兵家之常。前日鐵山之戰, 我師似稍失利, 而義州晏廷闢之
截殺, 你家兵馬亦喪失無限。旣無德之可言, 亦何威之可畏! 至內監之來,
我正欲資爲羽翼, 寧有忌心? 若云以南衛與我, 何不幷遼陽而還之朝廷,
退守建州, 以免生民塗炭? 我自亦休息士卒, 不與你爲仇。如其執迷, 今
日正相仇之始, 豈有連和之理!” 孤山正待[36]開言, 只見馬秀才道: “元帥,
生員此來, 非爲國主, 實爲元帥。中國士夫, 短于任事, 長于論人, 惡人之
成, 樂人之敗。故當日勇于爲國之熊經略[37], 今日安在? 今者雲從之役, 中
國當必有群起而攻之者。元帥何苦以一身, 外當敵國之干戈, 內禦在朝之
唇舌? 不若中立其間, 聽相爭于鷸蚌[38]。” 毛帥道: “人臣並沒箇坐視國家亂
離之理, 且我毫無怨尤, 人不得訾我, 聖上眷顧甚隆, 亦非人所得訾也。”馬
秀才道: “我一心苦苦勸元帥者, 因爲朝廷不能容元帥, 還恐此鐵山・雲從,
亦不能容元帥也。生員于路所見, 精甲已盡于前日之戰陣, 城堡[39]已夷于
前日之攻剋, 糧餉不繼, 士馬不能飽半菽, 眞所謂何恃不恐[40]。況朝鮮之
交携, 常恐有肘腋之變[41] ; 內監之出鎭, 未必非雲夢之遊[42]。元帥何不聽

---

35 鑽刀立誓(찬도입서): 서로 중요한 맹세를 다짐할 때 맹세인이 刀門(칼을 교차시켜 문
처럼 만든 것) 밑으로 지나가는 것을 이르는 말. 이것은 바로 맹세를 어기는 자는 이 칼에
죽는다는 것을 의미한다.

36 正待(정대): 막 ~하려고 함.

37 熊經略(웅경략): 熊廷弼(1569~1625)을 가리킴. 중국 명나라 말기의 장군. 자는 飛百,
호는 芝岡. 遼東經略으로서 후금에 맞서 요동의 방위에 공을 세웠다. 그러나 1622년 王化
貞이 그의 전략을 무시하고 후금을 공격하였다가 크게 패하자 廣寧을 포기하고 山海關으
로 퇴각하였으며, 그 책임을 뒤집어쓰고 1625년 억울하게 처형되었다.

38 鷸蚌(휼방): 鷸蚌之爭. 도요새와 조개 둘이 싸우고 있으면 엉뚱한 제3자가 이익을 본
다는 말.

39 城堡(성보): 적을 방비하기 위하여 성 밖에 임시로 만든 소규모 요새.

40 何恃不恐(하시불공): 《國語》〈魯語上〉의 “집안은 경쇠를 걸어놓은 것 같고 들에는 푸
른 풀이 없으니, 무엇을 믿고 두려워하지 않으리오.(室如懸磬, 野無靑草, 何恃而不恐?)”
에서 나오는 말.

41 肘腋之變(주액지변): 팔꿈치와 겨드랑이에서 일어나는 변란. 코앞에서 일어나는 변란
이라는 뜻이다.

蒯生⁴³于前, 反致悔于未央⁴⁴之日?" 可可孤山道: "馬秀才籌事極明, 元帥請自三思." 毛帥作色⁴⁵道: "我有甚麼思, 但知人臣爲國, 無有二心, 便至斷頭刎頸也不變, 肯爲你搖脣鼓舌⁴⁶所愚乎!" 此時毛帥心中, 也想這干人來探他虛實, 他一路來, 知我凋敝, 放他不⁴⁷回去, 使他有輕我的心, 還無意殺馬秀才. 只見馬秀才從從容容⁴⁸走上堂來, 道: "生員還有密啓." 便附耳待說些甚麼, 毛帥怕惑了軍心, 便大怒, 叫拿下綁首⁴⁹, 立堂的旗牌⁵⁰忙趨來, 一把揪下堂來. 毛帥叫斬了, 衆人忙剝去衣巾, 將來綑了. 馬秀才忙叫: "兩國相爭, 不斬來使, 我爲元帥而來, 豈得害我!" 毛帥道: "你是甚麼來使? 你本是中國叛臣! 你旣讀儒書, 豈不知禮義? 列名士籍, 當感國恩, 你身爲不忠, 却更欲把不忠汙我, 這豈可留于天地之間!" 馬秀才再三求饒, 可可孤山也爲他叩頭求免, 毛帥不聽, 竟叫驅出轅門斬首. 纔綁得出轅門, 却遇這班遼民遭他害的, 正要進轅門控訴⁵¹, 見了, 不待刀斧手⁵²動手⁵³, 各人帶有刀來, 割箇粉碎, 不一時⁵⁴, 早已剮了.

---

42 雲夢之遊(운몽지유): 운몽의 행차. 漢高祖가 楚王 韓信이 모반을 꾸민다는 소문을 듣고 陳平의 계책에 따라 거짓으로 楚 지역의 雲夢澤에 유람하는 것처럼 가장해 한신을 유인하여 사로잡은 뒤 楚王에서 准陰侯로 강등시킨 일을 가리킴.

43 蒯生(괴생): 蒯通. 본명은 蒯徹이었으나 漢武帝의 이름이 劉徹이었으므로 후대에 괴통으로 불렸다. 燕나라 사람이었으나 주로 齊나라에서 활동하였다. 韓信이 齊王으로 있을 적에 蒯通이 "장군이 漢王을 위하여 項羽를 공격할 것이 아니라 중립을 지켜서 천하를 삼분하시오." 하였으나, 한신이 한왕의 은혜를 배반하지 못하여 그 말을 듣지 않았다가 뒤에 죽음을 당하면서, "괴통의 계책을 쓰지 않은 것이 후회된다." 하였다.

44 未央(미앙): 未央宮. 漢高祖 劉邦은 韓信 등의 도움을 받아 漢나라를 건설하였지만, 개국공신들을 의심하기 시작하여 韓信을 未央宮에서 죽였다. 이때 한신은 자기신세를 兎死狗烹으로 비유하며 생을 마쳐 유명해졌다.

45 作色(작색): 불쾌한 얼굴빛을 드러냄. 안색이 변함.

46 搖脣鼓舌(요진고설): 궤변을 지껄임.

47 不(불): 없어야 할 글자임.

48 從從容容(종종용용): 여유가 있음. 침착함. 느긋함.

49 首(수): 斬首인 듯.

50 旗牌(기패): 旗牌官. 명령의 전달을 담당한 武官.

51 控訴(공소): 성토함.

52 刀斧手(도부수): 사형 집행인. 망나니.

擬將巧語奪忠肝, 百囀難迴徑寸丹。
一似酈生[55]遊卽墨, 卮詞[56]未罄骨先殘。

　這是馬秀才罪大惡極, 自投羅網[57], 却也見毛帥赤心白意, 爲國除奸。
刀斧手獻頭, 這幾箇韃子驚得跪在地下, 戰戰兢兢, 不敢做聲, 獨有可可孤
山神色不撓, 毛帥也不忍殺他, 道："你奉使[58]而來, 我也不忍殺, 我却不可
留你。" 分付留在公館, 叫好看待他。隨卽具一箇本, 差官連人, 連金馬鞍
等物起解進京, 一面又分付將士道："前日聞得關上有使人在酋處祭吊, 是
關上去覘他動靜。他因而把一箇和去愚關上, 止住了關上之兵, 擧兵直犯
我鐵山。今日他來求和, 是他來看我虛實, 目下畢竟款我, 因而入犯寧
錦。各將士各須用心報國, 堅守汛地, 乘勢進戰。若是李鑛這一干逃將,
不惟負我, 抑且負國。負我我可容得, 負國國豈能容, 不日也卽正法[59]了。"
仍舊于東路增添哨探, 防守昌城[60]‧滿浦[61]‧義州至鐵山一帶地方, 西首申
飭將領, 固守各島, 不許輕離, 又移文[62]登萊, 乞取軍餉軍需接濟, 以爲寧
遠聲援。

　　再振桑楡[63]氣, 彌堅鐵石心[64]。

---

53 動手(동수): 시작함. 손을 댐.

54 不一時(불일시): 어느새. 이윽고. 얼마 안 있어.

55 酈生(역생): 酈食其. 漢初의 策士. 漢高祖를 위하여 齊에 가서 遊說하여 卽墨城을 포
함한 70여성을 항복받았는데, 이를 시기한 韓信의 대병이 齊를 공략하자 자신을 속였다
며 격분한 齊王 田廣에게 삶겨서 죽임을 당했다.

56 卮詞(치사): 卮言. 앞뒤로 사리가 어긋나는 말. 임기응변식의 교묘한 말. 허튼 소리.

57 自投羅網(자투나망): 스스로 그물에 걸려듦. 화를 자초함.

58 奉使(봉사): 사신이 됨.

59 正法(정법): 사형을 집행함. 처형함.

60 昌城(창성): 평안북도 창성군의 군청 소재지.

61 滿浦(만포): 조선시대 평안도 江界都護府에 있던 압록강 가의 마을 이름.

62 移文(이문): 공문을 보냄.

63 桑楡(상유): 後漢 때의 장수인 馮異가 赤眉의 난을 토벌하기 위해 나섰다가 처음 싸움

後來可可孤山解京, 發法司會問, 法司[65]見他人物整齊, 又曉得中國語
言, 題本乞留他不殺, 以便詳問奴中情事。至逆奴犯順[66]時, 阿卜太生擒
我總兵黑雲龍。阿卜太要將來換去, 可知孤山亦是奴中得力人。若使毛
帥放去, 他知了島中消息, 豈不爲患乎!

烈士斷無二心, 卽縛送孤山, 亦非奇事, 然亦聊解通奴背國之疑。

天下多如馬秀才, 靑衿[67]眞穢府矣, 恨恨。

에서 대패하고, 얼마 뒤에 다시 군사를 정비하여 적미의 군대를 격파하였는데, 황제가
친히 글을 내려 위로하기를, "처음에는 會稽에서 깃을 접었으나 나중에는 澠池에서 떨쳐
비상하니, 참으로 '동우에 잃었다가 상유에 수습하였다.(失之東偶, 收之桑楡.)'라고 할 만
하다." 한 데서 나온 말. 동우는 해가 뜨는 새벽을, 상유는 해가 지는 저녁을 뜻한다.
64 鐵石心(철석심): 본디 견강하고 깨끗한 志操를 형용하는 말.
65 法司(법사): 사건의 심리를 책임 맡은 사람.
66 犯順(순범): 반란함. 모반함. 곧 후금이 명나라를 쳐들어온 것을 일컫는 말이다.
67 靑衿(청금): 학생들이 많이 입던 검은 깃옷. 학생을 일컫는 말이다.

第三十三回 請鎭臣中外合力 分屯駐父子同功

旄節[1]擁貂金[2], 樓船[3]向海潯。
勢何嫌掣肘[4], 人願得同心。

寶劍橫荒島, 彤弧[5]出禁林。
虎幃多合志, 醜虜可成擒。

宦官監軍, 古以爲恨。我的意以爲, 我之精忱足以格主, 我之威望足以服人, 雖日在我之側, 何能讒我? 何能制我? 反足以安聖上之心, 張我之勢。不然如秦王剪[6], 以六十萬人伐楚, 恐秦王之疑, 多請田宅以安其心。

---

1 旄節(모절): 한 지방을 鎭守하는 長官이 들고 가는 깃발. 일종의 信標인데 한쪽의 軍政을 맡은 장관이나 사명을 띤 신하가 소지하는 旄節로 물들인 짐승의 털을 층층으로 이어서 깃대 끝에 있는 용머리에 늘어뜨린 의장의 일종이며, 5층이나 7층으로 만든다.
2 貂金(초금): 近臣. 高官의 冠에 꾸민 화려한 장식으로, 보통 侍從臣을 비유할 때 쓰는 말이다.
3 樓船(누선): 큰 배. 戰船. 배에 다락이 있어 사람이 들어가 비바람을 피할 수 있다.
4 掣肘(철주): 공연히 다른 사람의 일에 간섭하여 뜻한 바를 이룰 수 없게 만드는 것. 춘추시대 魯나라 宓子賤이 亶父라는 고을을 다스리러 갈 때 노나라 임금이 참소하는 사람의 말을 믿고 자신을 신임하지 않을까 염려하였다. 이에 그는 계책을 내어 두 사람의 書吏로 하여금 글씨를 쓰게 하고 자신은 곁에서 팔뚝을 잡아끌어 방해하면서 글씨가 좋지 못하면 노기를 띠었다. 이에 서리가 글씨 쓰기를 포기하고 떠나자, 노나라 임금이 탄식하면서 그 뜻을 알아차렸다고 한다.
5 彤弧(조호): 彤弓. 붉은 색으로 꾸민 활. 천자가 공을 세운 제후에게 하사하는 활이기 때문에 武將을 상징하기도 한다.
6 王剪(왕전): 전국시대의 이름난 장수로서 秦始皇을 도와 趙·燕 등의 나라를 평정하고 楚를 치기 위해 다시 회의를 했는데, 이때 李信은 병력 20만을 요청한 데 반해 왕전은 60만 병력이 아니면 정벌에 나갈 수 없다고 하자, 진시황은 왕전이 늙어서 겁이 많다고 질책하고 李信과 蒙恬을 출전시켰으나 이신은 초나라 정벌에서 참패를 당하고 말았다. 진시황이 다시 왕전을 불러다 사과하고 그의 주장대로 60만의 군사를 내주자, 왕전이 출

更何如借其親信以自輔, 更不足使聖上與舉朝釋然無疑麼! 況可以分我之權而爲二, 又可以置我于兵冲而不懼, 還可曰跋扈[7], 還可曰尾大不掉[8]麼。

毛帥當日威名既重, 謗誹自生, 因寧遠之寇不聞牽制, 部議要移鎮, 聖旨着自己審處奏報, 以圖結局。毛帥卽具疏, 言寧遠之寇, 業已[9]先期[10]揭報, 正月二十日復至海州[11], 豈云牽制不聞! 至移鎮, 則須彌島之去奴寨, 在五百里內, 亦科臣[12]所目擊。至所自審處以圖結局, 則以人心論, 寧遠遼兵少, 西兵多, 東江則以海外孤懸, 無所退避, 盡用命之人心; 以地勢論, 寧遠至遼瀋, 俱寬平坦道, 無險可含藏, 難以出奇攻襲, 可守而不可戰。東江則憑險[13]可以設疑[14], 出奇可以制勝, 水陸齊通, 接濟則難, 戰守則得。第廟堂議論, 俱以東江爲牽制之虛局, 不以爲進剿之實事, 錢糧半饑半飽, 軍需若有若無, 奴不西去, 不言牽制得力; 奴一過河, 便是不爲牽制。豈不念全遼不復, 山海終危, 奴賊不滅, 終爲國患? 奴伏而群情泄泄, 奴動衆議紛紛。而今日之小結局, 唯扼奴酋進寇之兩路, 從鎮靜堡[15]進, 守廣寧[16], 可當鎮靜之鋒; 自遼瀋來, 從三岔河進, 駐三岔, 可截狂奴之渡。如是寧遠可以安堵, 山海可以無虞, 神京[17]奠, 陵寢寧, 天下可以完固。

전하며 저택과 땅을 달라고 하여 배반할 일이 없음을 아뢰었다. 결국 초나라를 멸망시키고 천하통일의 위업을 달성하였다. 請田之計는 어떤 권한을 맡은 사람은 윗사람에게 자신이 아무런 욕심이 없음을 나타내야 한다는 뜻이다.

7 跋扈(발호): 제 마음대로 날뛰며 행동하는 것.

8 尾大不掉(미대불도): 꼬리가 너무 커서 흔들 수 없다는 뜻. 신하의 세력이 너무 커져서 임금이 자유로이 하지 못함을 일컫는 말이다.

9 業已(업이): 이미. 주로 공문에 많이 쓰인다.

10 先期(선기): 사전에. 기한 전에.

11 海州(해주): 중국 遼寧省의 阜新에 있는 구.

12 科臣(과신): 관리들의 규찰 관원.

13 憑險(빙험): 험요한 곳을 거점으로 삼음.

14 設疑(설의): 設疑兵. 적을 속여 많은 수로 보이게 거짓 꾸민 병사를 배치함.

15 鎮靜堡(진정보): 廣寧 鎮靜堡를 가리킴. 寧夏回族 자치구 북쪽 끝인 石嘴山市 平羅縣 서북 약 40km에 위치해 있다.

16 廣寧(광녕): 廣寧城. 중국 遼寧省 北鎮에 있는 성.

17 神京(신경): 皇城. 皇都.

且再請內臣一員, 出舊撫王化貞[18]于獄, 至海監督。他蓋實見得事業可成, 而海外之功·之餉, 原無虛冒[19], 若使一有人監督, 便不能專制一方, 就能核我之功, 核我之餉, 何苦使已闢草萊[20]以創建者, 人從容有之, 且日仰其面色, 受其節制?

闢地海之湄, 披榛豈厭疲。
何妨戴淵[21]至, 同固國藩籬。

後來聖旨, 因他請討[22]內臣, 二月內差兩箇內臣鎮守[23], 傳與戶兵二部

---

18 王化貞(왕화정, ?~1632): 명나라 말기의 장군. 문과에 급제하여 進士가 되어 戶部 主事와 右參議 등을 역임하였다. 1621년 遼東巡撫로 임명되어 廣寧의 방위를 맡았다. 1622년 누르하치가 직접 군대를 이끌고 遼河를 건너 西平堡를 공격해 오자, 왕화정은 孫得功과 祖大壽, 祁秉忠, 劉渠 등의 장수들을 이끌고 후금의 군대를 공격하였다. 하지만 平陽橋(지금의 遼寧 大虎山 일대)에서 벌어진 전투에서 明軍은 거의 전멸에 가까운 큰 패배를 당했다. 손득공과 조대수는 도주하였고, 기병충과 유거는 전사하였다. 毛文龍의 후방 공격 약속은 지켜지지 않았으며, 內應을 약속했던 李永芳은 오히려 후금이 廣寧(지금의 遼寧 北鎭)을 손쉽게 점령하도록 도왔다. 자신의 반대를 무릅쓰고 後金을 공격하였다가 전군이 몰살당하는 왕화정의 패배로 熊廷弼은 廣寧을 중심으로 한 요동 방어선을 포기하고 山海關으로 明軍을 퇴각시킬 수밖에 없었다.
19 虛冒(허모): 맞지 않는 지위를 헛되이 차지함.
20 草萊(초래): 무더기로 자란 잡초.
21 戴淵(대연): 晉나라 때 처음에 도적의 괴수였지만, 元帝 곁에 있던 간신. 祖逖이 譙城을 빼앗고 雍丘에 주둔하자 石勒의 後趙 군사들이 많이 귀순하였고, 조적은 병사들과 고락을 함께하며 새로 귀순한 사람들을 잘 보살펴 주어 군대의 사기가 크게 올라 있었다. 그런데 원제가 간사한 자의 말에 속아서 대연을 都督으로 삼아 자신의 상관이 되어 군대를 통솔하며 견제하게 한데다 조정에 내분이 일어나 자신의 뜻을 이루지 못할 듯하자, 조적이 분노가 격발하여 병들어 죽었다. 이에 백성들이 마치 부모를 잃은 듯이 슬퍼하였다.
22 請討(청토): 請計의 오기인 듯.
23 鎭守(진수): 명나라 때에 一方을 總鎭하는 것. 一路를 獨鎭하는 것을 分守라 하였으며, 一城이나 一堡를 각기 지키는 것은 守備라 하고, 主將과 더불어 같이 一城을 지키는 것이 協守이다. 遼東을 鎭守하는 관은 총병관 1인이며, 廣寧에 설치하였다가 河東遼陽으로 옮겨서 海州와 瀋陽을 조달하고 지원하고 방어하였다. 협수로 부총병 1인이 있고 분수로 參將 5인이 있었으며 遊擊將軍이 8인, 守備가 5인, 坐營中軍官이 1인, 備禦가 19인이었다.

道: "聖旨: 朕惟謀國之誼, 中外比之同舟, 用兵之形, 犄角方于捕鹿。蠢茲逆奴, 犯順十載, 耻歷三朝[24], 東顧足憂, 實勞宵旰[25]。念毛帥獨奮孤忠, 支撑海外, 遠提帥旅, 閱歷當時, 乃中朝實倚爲輔車[26], 而去輔每視爲秦越[27], 疾聲莫應, 供臆不敷, 枕甲荷戈[28], 有枵腹呼庚[29]之困, 陪臣屬國, 苦資糧乏戾之供, 乃于百凡艱危之中, 尙有屢次俘獲之績。似此苦心, 朕且嘉且憫。卽今逆奴天誅, 而叛孽尙懷叵測[30]。朕志復祖宗封疆, 遠念將士勤苦, 其所處皮島一帶地方, 實牽制剿除要着。去冬該鎭曾有請計內臣駐扎之奏, 朕熟思審處, 久未施行。今特命總督登津鎭守海外等處, 便宜行事[31], 太監一員, 御馬監[32] 太監[33]胡良輔[34], 提督登津副鎭守海外等處, 太監一員, 御馬監太監苗成, 中軍太監二員, 御馬監太監金捷・郭尙禮, 都着在于皮島等處地方駐扎[35], 督催餉運, 查核錢糧, 清汰老弱, 選練精强, 一應[36]戰守

---

24 三朝(삼조): 명나라 神宗, 熹宗, 毅宗을 가리킴.

25 宵旰(소간): 宵衣旰食. 임금이 政事에 부지런함을 뜻하는 말. 未明에 일어나 正服을 입고 해가 진 뒤에 저녁밥을 든다는 뜻에서 온 말이다.

26 倚爲輔車(의위보거): 輔車相依. 수레에서 덧방나무와 바퀴처럼 뗄 수 없다는 뜻으로, 서로 돕고 의지함을 이르는 말.

27 秦越(진월): 전혀 무관심한 관계. 소 닭 보듯 하는 사이. 춘추시대 秦나라는 지금의 陝西省에 있고 越나라는 지금의 江蘇省과 浙江省 일대에 있었는데 두 나라 사이가 너무 멀어서 서로 전혀 관계치 않았고 관심도 갖지 않았다는 데서 나온 말이다.

28 枕甲荷戈(침갑하과): 寢甲枕戈. 갑옷을 입고 잠자며 창을 벰.

29 呼庚(호경): 몹시 배가 고픈 상태를 뜻하는 말. 춘추시대 때에 군대의 식량이 다 떨어져 원조를 요청하자, "庚癸라고 부르면 곧바로 응하겠다.(呼日庚癸則諾.)"라고 대답한 고사에서 유래한 말이다.

30 叵測(파측): 헤아릴 수 없음.

31 便宜行事(편의행사): 재량권을 위임받아 형편에 따라 일을 적절히 처리함.

32 御馬監(어마감): 궁정 내의 말과 코끼리 등에 대한 관리를 담당함.

33 特命總督登津鎭守海外等處, 便宜行事, 太監一員, 御馬監太監:《谿谷先生集》권22의 〈胡太監回咨〉에는 欽命摠督登津鎭守海外等處督理餉運査覆軍馬錢糧駐箚皮島等處地方便宜行事乾淸宮管事御馬監太監으로 되어 있음.

34 胡良輔(호량보): 환관으로 魏忠賢의 충복. 1625년 仁祖를 조선왕으로 책봉하러 조선에 왔다. 조선에 있는 동안 막대한 양의 재물을 모았다. 조선에서는 그를 접대하기 위해 부가세를 징수해야만 했다. 명나라로 돌아간 후 그의 추잡한 행위로 탄핵을 받아 南京으로 좌천되었다.

機宜, 軍務事情, 着與毛帥和衷協力[37], 計議妥確而行。不得輕易紛更[38], 亦不許膠執故套, 更要不時牽掣, 相機剿除, 期奏犁庭掃穴[39]之勳, 朕何靳錫盟帶礪[40]之典。凡有戰獲捷功, 照前一一解級, 如遇偵探機密事情, 及島中戰守聲息緩急, 即便[41]據實直寫, 星馳密奏, 以慰朕懷。念島中合用器具軍需, 皆屬喫緊[42], 茲特發御前節省銀五萬兩·各色紵絲通袖膝襴[43]二百疋·五色布四百疋, 以備營伍作正公用。又查發得頭號發煩砲三位, 二號發煩砲六位, 鐵裡安邊神砲六十位, 鐵裡虎蹲神砲六十位, 頭號佛朗機二十位, 二號佛朗機二十位, 三眼鐵銃五百桿, 隨用提砲什物, 全盔五百頂, 齊腰甲五百副, 長靶苗刀二百把, 刀一千把, 弓一千張, 箭一萬枝, 單鉤鎗一百桿, 大小鉛子三萬箇, 火藥二千口。就着[44]胡良輔等, 都隨赴皮島等處地方, 軍前應用。朕既特命親近內臣, 與毛帥同居海外, 風波隔阻, 潮汛艱危, 掌握旣專, 事權宜重, 所有合用敕諭關防等項, 該部上緊[45]頒給施行。務使[46]東江一着, 不徒疑敵之虛聲, 而兩河三岔, 確資固圉之實效。特諭."

---

35 駐札(주찰): 駐箚. 외국에 머물러 있음.

36 一應(일응): 모든.

37 和衷協力(화충협력): 마음을 합하여 협력함.

38 紛更(분경): 제도를 자주 바꾸는 일.

39 犁庭掃穴(여정소혈): 뜰을 쟁기질하여 구멍을 만든다는 뜻으로, 다른 나라를 초토화함을 비유한 말.

40 帶礪(대려): 나라에서 공신의 집안을 자손 대대로 변하지 않고 대접하는 일. 漢高祖 劉邦이 중국을 재통일한 뒤 공신들을 封爵하면서, "황하가 띠[帶]와 같이 가늘어지고, 태산이 숫돌[礪]과 같이 작아질 때까지 나라에서 영구히 보존하리라.(使黃河如帶, 泰山若礪, 國以永寧, 爰及苗裔.)"라고 한데서 유래한 말이다.

41 即便(즉편): 즉시. 곧.

42 喫緊(끽긴): 긴요함. 급박함.

43 紵絲通袖膝襴(저사통수슬란): 모시로 소매와 무릎부분에 무늬를 직조하여 만든 내리받이 옷을 말함.

44 着(착): 差의 오기인 듯.

45 上緊(상견): 빨리 서두름. 박차를 가함.

46 務使(무사): 반드시 ~가 될 수 있게 함.

心可質旻蒼, 威堪振遠方。

同仇資虎士, 犄角借貂璫[47]。

兩內監自登州下船[48], 歷廟島·珍珠門·鼉磯島·大欽·小欽·羊頭凹·皇城島, 直至皮島。毛帥欣然相接, 與他悉心籌劃, 簡閱[49]各島將領, 欽給銀五萬(兩), 分給各將士, 以賞其勞。移文朝鮮, 獎賞他能協力破奴, 還着他同心共濟。歸附遼民, 向因鐵山之亂, 復行逃散, 招撫令他復業。又與兩監計議, 道: "目下蒙聖恩, 給有器械, 屢有嚴旨, 督催糧餉, 不患無糧。但鐵山一帶地方, 搗巢只便, 要救寧遠則遠。況且奴酋犯雲從時, 雖用詭計殺我撥夜, 襲破鐵山, 後邊差毛承祿等邀截于義州晏廷闕等處, 殺他兵馬無算。奴移兵攻朝鮮, 朝鮮雖大爲殘破, 後邊爲朝鮮拘刷[50]臨江船隻, 阻江而守, 奴不能進。我兵又拘刷烏龍江一帶船隻, 使他不得退, 到那援絶糧盡之時, 奴子亦甚張皇[51]。想來今番斷不敢正視雲鐵, 垂涎[52]朝鮮, 雲從·鐵山只一偏將[53]守之, 戮力搗巢可也。若要爭救寧錦, 呼吸皮島, 得以捷走遼陽, 無如廣鹿[54]諸島。這須本鎮自開府[55]長山島, 待奴犯寧錦時, 本島卽督兵, 東取旅城[56]·黃骨, 西窺旅順·望海, 中路直取歸順·紅嘴二堡, 更以水兵直入三岔, 砍斷聯橋, 鐵山之兵, 又可由昌·滿取老寨。是當日以登津與關上爲三方, 猶覺迂緩, 不若以關上·長山·皮島爲三方, 是于奴子爲切膚。但移鎮事大, 且長山去登州爲近, 恐議者議我避邊險趨近地,

---

47 貂璫(초당): 환관. 중국 內侍의 관에는 담비 꼬리를 꽂고 금으로 된 구슬을 달았다.
48 下船(하선): 배에 탐.
49 簡閱(간열): 낱낱이 검열함.
50 拘刷(구쇄): 구금함. 몰수함.
51 張皇(장황): 당황함.
52 垂涎(수연): 침을 흘림. 탐냄.
53 偏將(편장): 神將. 어느 한 방면의 일을 전담한 장수.
54 廣鹿(광록): 廣鹿島. 遼寧省의 長山群島 서쪽으로 大連 가까이에 있는 섬.
55 開府(개부): 官衙를 설치하고 屬官을 두는 것.
56 旅城(여성): 旋城의 오기.

這須酌議題請[57]." 兩內監隨與他相視, 見他經畫甚是切當, 卽爲他具題[58]。聖旨准毛帥移鎭長山島, 毛承祿陞副總兵, 分鎭皮島, 以爲犄角。

毛帥又于報義州晏廷捷音疏內, 奏款之不可恃, 聖旨：“向日款議, 雖寧鎭別有深心, 在中朝原未嘗許。今日關寧別無調度, 何以明不爲狡奴所麋, 而爲屬國口實乎? 戶·兵二部, 關·寧二鎭, 作速從長計議回奏。”又在奴謀極狡疏內, 乞于喜峰口[59]一帶設防, 幷處逃將, 奉聖旨：“覽奏, 奴孽狂逞叵測, 旣經挫衄, 渡兵踞鮮, 復借西虜闌入, 秋冬津蠆[60], 在在宜防。喜峰口等處要害, 埋伏火器, 堅壁厲秣[61]以待, 甚得制勝先着。說得是。逃將李鑛·李鈇及鄭繼奎·鄭繼武·高應詔, 觖法廢紀, 若不正罪, 何以懲衆? 着內鎭臣會同督撫諸臣, 卽行梟首示(衆), 以肅軍律。”

　　早知投法網, 何似礪忠貞。

　　似此移鎭以逼虜, 犄角以張勢, 借監臣以速軍需, 斬逃將以振士氣, 眞可備三方之用。惜乎擺撥[62]移鎭之間, 不得因犯寧錦爲搗虛, 則力有不及耳。

　　昔武穆[63], 賀和議成表, 中有‘唾手燕雲, 終欲復仇而報國；誓心天地, 當令稽首以稱藩’一聯, 卒忤時宰[64]至死, 不意後復有以議款[65]而蹈之者。讀

---

57 題請(제청): 천자에게 주청하는 것.
58 具題(구제): 황제에게 아뢰는 문서의 일종. 사유를 갖추어 題本을 만들어 아뢰는 것을 이른다.
59 喜峰口(희봉구): 중국 河北省 遷西縣 북구 연산산맥 중단에 위치한 곳. 만리장성의 중요 관문 중의 하나이다.
60 津蠆(진채): 肆蠆의 오기인 듯. 전갈 같은 독을 맘껏 내뿜음. 기승을 부리다는 뜻이다.
61 厲秣(여말): 厲兵秣馬. 병기를 잘 갈고 말을 잘 먹임. 전투준비를 형용하는 말이다.
62 擺撥(파발): 방치함.
63 武穆(무목): 宋나라 명장 岳飛의 시호. 중국 南宋 초기의 武將이자 학자. 가난한 농민 출신이지만 金나라 군사의 침입으로 北宋이 멸망할 무렵 의용군에 참전하여 전공을 쌓았다. 북송이 망하고 남송 때 湖北 일대를 영유하는 大軍閥이 되었지만 무능한 高宗과 재상 秦檜에 의해 살해되었다.

《致當道啓》, 有曰: "所以誤天下而苦邊者, 江東爲甚齓齲之者素矣。第廉藺[66]終以國事忘私仇, 此則以私仇而誤國事耳。" 睚眦[67]快矣, 于國事何?

分鎭, 兵機狙詐, 作使手段, 人都不知, 故能經不能權。

64 時宰(시재): 秦檜를 가리킴. 중국 南宋時代 高宗의 재상. 岳飛를 무고하게 죽이고, 主戰派를 탄압하여 金나라와 굴욕적인 화친을 체결한 간신이다.

65 議款(의관): 和義를 논함.

66 廉藺(염인): 廉藺의 오기. 전국시대 趙나라의 廉頗와 藺相如의 합칭어이다. 두 사람의 관계가 처음에는 원만하지 못하다가 나중에는 화해하여 잘 지내게 된 고사가 전하는데, 《史記》 권81〈廉頗藺相如列傳〉에 "지금 두 호랑이가 싸우면 형세상 둘 다 살아남지 못할 것이다. 내가 염파와 부딪치지 않으려고 피하는 이유는 국가의 위급을 우선하고 사사로운 원한은 그다음으로 생각하기 때문이다.(今兩虎共鬪, 其勢不俱生. 吾所以爲此者, 以先國家之急而後私讐也.)"라는 인상여의 말이 나온다.

67 睚眦(애자): 사소한 원한.

第三十四回 滿總理寧遠奇勳 趙元戎錦州大捷

分崩虜騎如潮瀉, 鼓聲雷動寧遠下。
長圍虹[1]亘百餘里, 靴尖踢處無完鏞。

將軍神武[2]世莫倫, 怒鬚張戟雙目瞋。
劍鋒掃虜秋籜[3]捲, 紛紛聚蟻無堅屯。

尸沈馬革[4]亦何畏, 流矢薄身驚集蝟[5]。
大呼直欲盡敵止, 風雷疑是軍聲沸。

胡奴走盡壁壘開, 一城士女歡如雷。
十年積餒一時破, 虜馬應自忘南來。

捷書飛入明光[6]裏, 天子披之當色喜。
安得將士皆如此, 恢復兩河須臾爾。

1　虹(홍): 무지개. 荊軻가 燕나라 태자를 위해 秦나라 왕을 죽일 계획을 세우자 흰 무지개가 해를 꿰뚫었다 한다.

2　神武(신무): 대단히 뛰어난 武勇.

3　秋籜(추탁): 가을날 대나무의 껍질. 연약하고 약한 것을 비유하는 말이다.

4　馬革(마혁): 말가죽. 전쟁터에서 싸우다 죽는 것을 뜻하는 말이다. 後漢의 伏波將軍 馬援이 "사나이는 변방의 들판에서 쓰러져 죽어 말가죽에 시체를 싸 가지고 돌아와 땅에 묻히는 것이 마땅하다. 어찌 침상 위에 누워 아녀자의 손에 맡겨서야 되겠는가.(男兒要當死于邊野, 以馬革裹屍還葬耳. 何能臥牀上在兒女子手中耶?)"라고 말한 고사가 전한다.

5　集蝟(위집): 蝟集. 고슴도치의 털과 같이 많은 것이 한 곳에 모여든다는 뜻. 등에 잔뜩 날카로운 바늘을 싣고 있는 모습을 일컫는 말이다.

6　明光(명광): 明光殿. 漢武帝가 건립한 궁전 이름으로, 금과 옥, 진주 등으로 발을 만들어 쳐서 밤낮없이 빛나고 밝기 때문에 붙여진 이름이다. 후대에는 대궐을 뜻하는 말로 쓰였다.

岳武穆太平訣[7], 是箇'文臣不愛錢, 武臣不惜死.' 但奴酋發難[8]以來, 上下打不破一箇'惜'字, 敗壞名節也不惜, 鐫削爵秩也不惜, 身陷囹圄也不惜, 只惜得一死, 所以遇戰遇守, 只是一逃結局。若拼得一箇死, 一刀一槍[9], 與他決一死戰[10], 豈不是箇奇男子, 烈丈夫! 況且也未必是箇死局。

奴子自朝鮮回兵, 料得東江一路兵馬新經戰陣, 未必能搗巢, 也未必能攻遼陽。四王子竟帶了十餘萬人馬, 打着白龍旗, 直渡三岔河, 由西平[11]至廣寧, 過牽馬嶺·義州·戚家堡, 竟向錦州。五月十一日早辰, 已到城下, 沿城四面扎下營。城裏防守的是平遼總督趙率教, 帶領着總兵左甫·副總兵朱梅·內臣紀用, 四箇人分門把守。到得次日早辰, 這干韃子分做兩路, 螞蟻也是扛了雲梯[12], 拽了攻車, 人頂着挨牌[13], 都到城邊攻打。那城中火器頗多, 一陣不了又一陣, 打得這幹韃子不敢近前, 還又打死了許多。直捱至天晚, 只見奴兵先步後馬, 仍舊帶了攻具, 退在西南五里下了營。每日輪馬兵一萬餘, 在城下圍繞, 困城。

此時已經塘報[14]報入寧遠關上。守寧遠巡撫袁崇煥計議, 奴兵冒暑[15]深入, 勢不能久, 只須四面出兵, 疑而擾之, 因募敢死士兵三百名, 前往砍營。又調出援東江水兵, 在南北汛口, 虛張聲勢, 又差撫夷王喇嘛, 督西虜酋長貴英[16]等, 在近錦州地方屯駐。關上經理大總兵滿桂[17], 着副總兵祖

7　太平訣(태평결): 南宋의 충신인 岳飛가 태평시대를 구현할 수 있는 계책에 대해서 질문을 받았을 때, "문신이 재물을 탐내지 않고 무신이 죽음을 아끼지 않으면, 천하가 태평해질 것이다.(文臣不愛錢, 武臣不惜死, 天下太平矣.)"고 대답한 고사를 일컬음.

8　發難(발난): 반항하거나 반란을 일으킴.

9　一刀一槍(일도일창): 혼자 힘으로 분투함.

10　決一死戰(결일사전): 생사를 걸고 마지막 승부를 겨룸.

11　西平(서평): 西平堡. 遼東 廣寧右衛에 속한 보. 1622년 누르하치의 침공을 받아 함락된 곳이다.

12　雲梯(운제): 성을 공격할 때 사용하던 긴 사다리.

13　挨牌(애패): 진영 앞에 세워 화살을 막는 방패.

14　塘報(당보): 적군의 동향을 정탐하여 올리는 보고서. 또는 높은 곳에 올라 적의 동태를 살펴 아군에게 기로써 알리는 일을 이르던 말. 기를 조작하던 사람을 塘報手라고 한다.

15　冒暑(모서): 더위를 무릅씀.

大壽[18]爲前鋒, 自督兵在後, 十五日星馳赴援, 十六日在柘浦, 正值奴子分兵前來, 兩邊拒敵, 砍扑良久, 傍晚收兵。韃兵在塔山下營, 滿總兵在寧遠城下下營。相拒三日, 到了二十一日, 滿總兵想道: '韃賊安營[19]塔山, 斷我寧錦往來消息, 必須攻走, 更議救援。若遷延不進, 不惟錦州勢孤, 也令賊笑我畏縮, 越發狂迸.' 連夜起兵, 着把總王忠作先鋒, 參將劉恩作後繼, 自統兵在後隨進。約莫[20]天明, 已到笐籬山, 王忠見不過五七百韃子, 便上前砍殺。須臾劉恩也到, 正兩下酣戰[21], 不料山左右抄出[22]兩支韃兵, 把這兩支兵竟裹在中間。這兩將抵死要殺出, 却得滿總兵帶兵又自外殺來, 韃兵反做了箇裡外受敵。大戰有兩三箇時辰, 衆兵射傷他許多, 奪了他二十六疋馬。韃賊只得帶了尸首, 退入山裡, 滿總兵也因山險, 不便進兵, 仍收回寧遠, 札營城下。

　　醜虜干天討, 王師事遠征。
　　兵威無敢逆, 血戰掃鯢鯨[23]。

16　貴英(귀영): 代善(Aisin-Gioro Daišan, 1583~1648) 또는 愛新覺羅代善. 누르하치의 차남이다. 1607년 형 褚英(1580~1615)과 1천 명의 군사로 울아(ula)의 부잔타이(bujantai)가 보낸 1만 병력을 격파한 공으로 누르하치로부터 고영(古英) 파도로(巴圖魯)라는 칭호를 얻었는데, 만주어로 구엥(guyeng) 바투루(baturu)인데 이를 조선어로 貴盈哥 또는 貴永介라 음차하였다.

17　滿桂(만계, ?~1630): 명나라 말기 將領. 관직은 太子太保, 中軍都督府 右都督을 지냈다. 袁崇煥의 부하 장수였다.

18　祖大壽(조대수, ?~1656): 明末淸初 때 遼東 사람. 자는 復宇. 명나라 때 前鋒總兵을 지냈다. 大凌河에서 포위당하자 皇太極과 약속해 錦州에서 귀순하여 내응하기로 했다. 그러나 일이 끝난 뒤 성을 지키면서 항복하지 않았다. 崇德 연간에 성이 함락되자 다시 항복하여 漢軍 正黃旗에 예속되고, 總兵에 올랐다.

19　安營(안영): 막사를 치고 주둔함.

20　約莫(약막): 대략.

21　酣戰(감전): 치열하게 싸움.

22　抄出(초출): 超出의 오기인 듯. 뛰쳐나옴.

23　鯢鯨(경예): 큰 고래라는 뜻이나, 흉악한 사람 즉 반란군의 수괴를 비유한 말.

正要議二十八日起大兵救援錦州, 那奴酋却也會計議, 道: "我今圍錦
州, 寧遠可以發兵救應。不若先把大兵打破了寧遠, 錦州是箇孤城, 勢孤
援絕, 輪兵困守, 不消攻打, 他自逃了。"留下萬餘兵馬, 圍困[24]錦州, 帶了
兩箇兒子, 一箇召力免[25]碑勒, 一箇浪蕩寧谷[26]碑勒, 直向寧遠, 先就灰山
・窟隆山・首山・連山・南海, 結下九箇大營。此時鎮守內臣, 議要各將分
門拒守, 滿帥道: "沒一箇躱在城裡, 聽賊衆圍城之理!"滿帥分付總兵孫祖
壽・副將許定國在濠內扎營守, 自己帶了副總兵祖天壽[27], 尤總兵[28]帶了副
將尤世威, 都屯兵在教場裏, 以備廝殺, 使他不敢圍城。分撥定, 只見城東
塵頭一片, 賊兵打着百餘桿五色標旗, 竟向城奔來。早被滿帥督令火器
官, 將噴筒[29]・鳥嘴[30]・三眼鎗[31]陣, 放得人馬, 彼此不見, 打死韃子不知多
少。火器纔完, 那滿帥飛馬舞刀, 直冲賊陣, 這些將官一齊催兵接應, 鎗箭
亂發, 早把一箇召力免碑勒, 一箭着了胸前, 落在馬下。韃兵忙忙救得, 滿
帥大刀已砍來了, 衆賊見滿帥猛勇, 一齊攢箭來射。滿帥把刀撥去, 已是
身上馬上中了幾箭, 却不肯退步。尤總兵又已身先將士, 殺來策應, 馬中
箭倒了, 得家丁尤德, 將馬換與尤總兵。尤總兵得了馬, 又挺身[32]殺人。
兩箇總兵帶領部下一千人馬, 在賊陣中橫冲直撞[33]。

---

24 圍困(위곤): 적을 포위하여 외부와의 연락을 끊음. 겹겹이 포위함.

25 召力免(소력면): 청태종 홍타이지의 장남.

26 浪蕩寧谷(낭탕영곡): 청태종 홍탕지의 차남.

27 祖天壽(조천수): 祖大壽의 오기.

28 尤總兵(우총병): 尤世祿(?~1643)을 가리킴. 명나라 말기의 장수.

29 噴筒(분통): 대통[竹筒] 속에 화약을 넣고 특수한 약품으로 떡처럼 빚어 筒口를 봉한
다음 약선에 불을 붙여 발포시키는 무기.

30 鳥嘴(조취): 鳥嘴銃. 화약을 넣고 납 탄알을 재어 쏘는 명나라의 총.

31 三眼鎗(삼안창): 三眼槍. 三發銃.

32 挺身(정신): 용감하게 나아감.

33 橫衝直撞(횡충직당): 제 세상인 양 설치고 다님.

喊聲翻地軸, 殺氣破天閽[34]。
高阜連尸積, 溪流帶血痕。

直殺到晚, 賊兵退在東山坡上扎營。計點死了一箇浪蕩寧谷碑勒, 傷了一箇召力免碑勒, 殺死了孤山[35]四箇, 牛鹿三十餘箇, 其餘韃子不可勝計, 失亡馬匹器械亦不可勝計。

到次日, 滿帥又裹瘡出戰, 自督着參將彭纘古與守備朱國儀, 悄悄[36]安放紅夷大砲, 向他大寨打去。一砲把他一箇大寨打開, 寨裏外韃子不知打死多少, 一座大帳房·一面白龍旂, 打得粉碎, 這干韃子害怕, 立脚不牢。又是錦州趙總兵, 見他分兵向寧遠, 欺他城下兵少, 督兵出戰, 破了他許多韃子。報來, 四王子只得退兵。滿帥見他寨動, 又督率兵士追殺, 又趕殺了他五七里, 一路虛聲恐嚇, 各韃子直退, 肖山[37]東首下營。這一陣滿帥忘身殉國, 大破奴兵, 不惟保全寧遠, 就是要困錦州, 也怕他發兵來戰, 也不敢久留了。

劍掃狂胡意氣豪, 血痕點點濕征袍。
從敎利鏃能穿骨[38], 轉戰沙場氣不撓。

三十日, 奴兵俱到錦州, 將城團團圍住, 放上三箇炮, 喊了三聲。趙總兵見他兵圍城不攻, 也只靜以待之。逼晚, 奴兵仍退去西南下營。自此, 每日遣遊騎在城下行走, 絕錦州出入, 夜間輒于城下放火炮, 撓亂城中。趙

---

34 天閽(천혼): 天帝의 궁궐 문으로, 도성 하늘을 가리킴.
35 孤山(고산): 固山의 오기. 행정·군사조직을 여덟 개의 旗[깃발]로 조직하여 다스렸던 청나라 특유의 제도인 八旗制度의 단위. '旗'는 5개의 잘란[甲喇]이 모인 1구사[固山]로 이루어졌다. 잘란은 5개의 니루[牛錄]가 모인 집단이며, 기본단위인 니루는 장정壯丁 300명이었다.
36 悄悄(초초): 몰래.
37 肖山(소산): 首山의 오기. 영원성 동쪽으로 있는 세 봉우리의 산.
38 利鏃能穿骨(이촉능천골): 李華의 〈弔古戰場文〉에서 나오는 구절.

總兵與左甫總兵, 不時在城彈壓。到初三晚, 趙總兵望他營中燈火不絕,
道:“這一定奴兵打點[39]攻具, 明日來攻城。”分付將士嚴加備禦, 不得懈
弛。只見初四日五鼓時分, 馬步韃子可有數萬, 擡有雲梯攻車, 一齊來攻
南門。此時趙總兵都已預備火炮·火礶·檑木[40]·砲石[41], 堆積滿在城上,
連忙打下, 打得奴兵, 倐退倐進, 可也有十數次, 平地也堆得山一般似, 城
壕也幾乎塡滿, 城外韃賊尸首也遍野, 韃賊就將來焚化了。攻至日午, 却
是四王子在教場中張下一座黃帳房, 自己穿了黃袍, 督促打城。又差一
起[42]鐵甲馬兵, 在後, 韃兵不上前的, 竟自砍殺, 韃兵又蜂擁來攻, 還也拿
火砲攻打城墻。終是[43]自下攻上難, 自上打下易, 又自日午攻打到日西,
當不得城上備禦嚴, 並不容他推得攻車·雲梯近前, 都丟在城壕邊, 自行
退去。到初更, 趙總兵竟差人將他攻車雲梯挨牌, 一把火燒箇罄盡, 此時
奴兵攻具旣無, 趙總兵城守越堅。滿帥又發兵進援, 聖上又傳旨, 奴兵旣
東戍, 又西犯, 中心虛矣, 海上先速行牽制, 東西之難, 可以並解。如此急
着, 登撫毛帥, 倘聞聲息, 皆可一面具報着, 立刻馬上[44]差人說與他每知
會。毛帥也整飭兵馬, 直至沿海各處地方, 移檄登撫, 欲合兵由三岔河扼
西平等處, 漸有破奴之局。奴兵也自料不惟深入, 況又曠日持久[45], 恐怕
被各處兵所筭, 竟潛自渡河, 又屯精兵于小凌河[46], 以漸而去。寧錦將斬
獲韃賊幷生擒賊五十九名獻俘。聖旨:“于寧遠之捷, 滿桂·尤世祿·孫祖
壽·楊加謨等, 浩氣枕戈[47], 壯懷吞虜, 着分別優敘[48]。錦州之捷, 王之臣·

<hr>

39 打點(타점): 준비함.
40 檑木(뇌목): 옛날, 성벽 위에서 밀어 떨어뜨려 공격해 오는 적을 막는데 사용했던 원기둥 모양의 큰 나무.
41 砲石(포석): 옛날, 전쟁에서 적에게 내쏘던 돌.
42 一起(일기): 더불어. 함께. 한 무리.
43 終是(종시): 결국은. 끝내.
44 立刻馬上(입각마상): 당장. 즉시.
45 曠日持久(광일지구): 헛되이 시일을 보내면서 오래 끎.
46 小凌河(소능하): 錦州의 남쪽으로 흐르는 강.
47 枕戈(침과): 창을 머리에 베고 잠든다는 말. 기필코 적을 섬멸하려는 굳은 의지를 비

郭允厚·黃運太·薛鳳翔·閻鳴太·袁崇煥·劉詔, 中外同心, 安攘懋績[49], 趙率敎·左輔·朱梅, 志切同仇, 功着急難, 分別優敍." 自此關門之氣大振, 虜鋒可以少息。

錦寧之捷, 足爲中國吐氣[50], 令虜不敢正視。 然狡奴不肯甘心, 自復他圖, 則大安口[51]之來, 所必有矣, 何以見不及此。

유하는 말이다. 東晉의 劉琨이 친구인 祖逖과 함께 北伐을 하여 중원을 회복할 뜻을 지니고 있었는데, 조적이 먼저 기용되었다는 말을 듣자 "내가 창을 머리에 베고 아침을 기다리면서 항상 오랑캐 섬멸할 날만을 기다려 왔는데, 늘 마음에 걸린 것은 나의 벗 조적이 나보다 먼저 채찍을 잡고 중원으로 치달리지 않을까 하는 점이었다.(吾枕戈待旦, 志梟逆虜, 常恐祖生先吾箸鞭耳.)"라고 말한 고사가 전한다.

48 優敍(우서): 특별승진. 우대하여 공적을 평정함.
49 懋績(무적): 큰 공적.
50 吐氣(토기): 마음에 쌓인 울분을 토해 냄.
51 大安口(대안구): 河北省 遵化의 동북쪽에 있음.

第三十五回　疏歸不居寵利　奏辨大息雌黃

雪甲霜戈透骨寒, 海隅旄節¹强登壇²。
狼烽³未見邊陲息, 毛舉難禁朝寧彈。

三至紛紜成虎易, 一身進退似羊難。
早知仕路渾如此, 悔不西湖理釣竿。

古詩有云：“却笑韓彭⁴興漢室, 功成不向五湖遊李太白⁷又道：“若待功成拂衣丟⁸, 武陵桃花笑殺人。”⁹ 這是偏王─的。若使當國家多事之時,

---

1　旄節(모절): 일종의 信標인데 한쪽의 軍___을 맡은 장관이나 사명을 띤 신하가 소지하는 旄節.

2　登壇(등단): 대장으로 승진함.

3　狼烽(낭봉): 狼糞을 태워서 올리는 봉화. 낭분을 태운 연기는 직선으로 곧게 올라간다고 한다.

4　韓彭(한팽): 漢나라의 명장인 韓信과 彭越을 가리킴. 이들은 모두 劉邦을 도와 한나라를 세우는데 큰 ___을 세웠다. 한신은 漢高祖를 도와 천하를 평정하여 張良·蕭何와 함께 三傑로 칭해___데, 뒤에 呂后와 太子를 습격하려다 오히려 여후의 속임수에 떨어져 목이 잘렸다. ___은 項羽를 섬기다 漢나라에 귀순하여 奇功을 세우고 梁王에 봉해졌는데, 한신의 죽___을 보고 두려워한 나머지 병력을 동원하여 자신을 보호하다가 高祖의 노여움을 사 ___침내 효수되었다.

5　五湖遊(오호유): 춘추시대 越나라 대부 范蠡가 越王 句踐을 도와 吳나라를 멸망시키고 나서___시 오호에 거룻배를 띄워 타고 떠나버렸던 데서 온 말. 신하가 공을 이루고 ___은퇴하는 것을 의미한다.

6　高騈의 〈寫懷二首〉에 나오는 “漁竿消日酒消愁, 一醉忘情萬事休. 却恨韓彭興漢室, 功成不向五湖遊.”에서 활용한 구절.

7　李太白(이태백): 唐代의 시인 李白. 자는 太白, 호는 靑蓮居士. 賀知章으로부터 謫仙人이라는 칭찬을 받아 李謫仙이라 한다. 천성이 호방하고 술을 좋아한 천재시인으로 六朝풍의 시를 물리치고, 漢·魏의 호방함을 본떠 자유분방한 감정을 표현했다. 杜甫와 함께 詩宗으로 추앙되었다.

8　丟(주): 去의 오기. 拂衣去는 속세를 떠나 신선이 된다는 말이다.

人人掛冠[10], 人人束手, 把國事交與何人? 太白之時, 沒箇李鄴侯[11]·郭令
公[12], 唐室何如中興? 這也只是江湖遊逸的議論. 又唐李德裕[13]道: "操政
柄以禦怨誹者, 如荷戟以當狡獸, 閉關以待暴客[14]. 若舍戟開關, 則寇難
立至. 遲遲不去者, 以延一日之命, 庶幾終身之禍, 亦猶奔馬者不可以委
轡, 乘流者不可以去楫. 不則天高不聞, 身遠受禍, 失巨浪而懸肆, 去灌木
而嬰羅."[15] 這幾句, 聽來可憐, 是箇不得不進的. 若箇箇挾朝廷威福[16]做
護身符, 只知有身家, 不知有君國, 也不免唐時藩鎭[17]的習氣. 若在純臣[18],
朝廷用我, 有一箇鞠躬盡瘁[19], 竭力致死, 無有二心; 若到朝廷不用, 流言
繁興, 心難自白, 不得不去, 以明心迹[20]. 不然熊芝岡[21]豈不是一刀兩斷[22]

---

9 李白의 〈當塗趙炎少府粉圖山水歌〉에서 나오는 구절.

10 掛冠(괘관): 관직을 그만둠. 사직함.

11 鄴侯(업후): 唐나라 玄宗·肅宗·德宗 때 어진 재상 李泌의 봉호. 자는 長源. 시호는
玄和. 현종은 태자인 숙종에게 이필과 布衣交를 맺게 하여 그를 선생이라 부르게 하였다.
숙종은 밖에 나갈 때에는 말을 함께 타고, 잘 때에는 榻을 마주하여 태자로 있을 때처럼
대우하였고, 덕종이 태자를 폐하려 할 적에 간절하게 간하여 이를 중지케 하였다.

12 郭令公(곽영공): 郭子儀가 中書令이 되자 그를 높이어 부르는 것. 安祿山의 난이 일어
나자 中原의 반란군을 토벌했고, 위구르의 원군을 얻어 長安과 洛陽을 수복했다. 토번(티
베트)이 장안을 치려 하자 위구르를 회유하고 토번을 무찔렀다. 훗날 汾陽王에 봉해져서
郭汾陽이라고도 한다.

13 李德裕(이덕유): 당나라의 憲宗 때 재상. 문필에 뛰어나 翰林學士, 中書舍人 등을 지
냈다. 經學·禮法을 존중하고 귀족적 보수파로서 藩鎭을 억압하고, 위구르 등 외족을 격퇴
하는데 힘써 중앙집권의 강화를 꾀했으며 廢佛을 단행하였다.

14 以待暴客(이대폭객):《易經》〈繫辭傳下〉에 "문을 겹겹으로 세우고 딱따기를 쳐서 도둑
을 대비한다.(重門擊柝, 以待暴客.)"라 한 데서 나오는 말.

15 李德裕의 〈退身論〉에서 "摻政柄以禦怨誹者, 如荷戟以當狡獸, 閉關以待暴客; 若舍戟
開關, 則寇難立至. 遲遲不去者, 以延一日之命, 庶免終身之禍, 亦猶奔馬者不可以委轡, 乘
流者不可以去楫, 是以懼禍而不斷, 未必皆祿而患失矣. 何以知之? 餘之前在鼎司, 謝病
辭免, 尋卽遠就澤國, 自謂在外而安, 豈知天高不聞, 身遠受害. 近者自三公鎭於舊楚, 懇辭
將相, 歸守邱園, 而行險之人, 乘隙構患, 竟以失巨浪而懸肆, 去灌木而攖羅."구절을 활용
한 것임.

16 威福(위복): 권세와 위풍.

17 藩鎭(번진): 당나라 때 변경과 중요 지역에서 그 지방의 軍政을 관장하던 절도사.

18 純臣(순신): 성실한 신하.

19 鞠躬盡瘁(국궁진췌): 나라를 위하여 온 힘을 다함.

的人, 看他交代[23]疏, 低徊眷戀, 不忍丟手讓却, 以垂成之業, 遜之他人, 然到人言不堪, 也只得乞歸, 只得力辨, 固非以去潔己, 亦豈以去要君?

當時毛帥以偏裨而一年建節[24], 再進都督, 玉音屢頒, 慰諭極至, 寵已極了。況後賜劍·賜印, 專制一方, 箚授參遊守把, 權又大重了, 又且通商鼓鑄[25], 屯田, 把一箇窮荒海嶼, 做了箇富庶名邦。若使不肖之人, 處險阻之地, 又兵强食足, 便偏霸一方, 中國方欲征奴, 又有蓮敎·水藺[26]之亂, 兵力何能討他, 聯朝鮮爲唇齒, 豈不可做一箇夜郎王[27]。毛帥處此, 叫不幸無其心而有其形, 無其事而有其理, 以小人之腹, 度君子之心[28], 也怪不得[29]

20　心迹(심적): 본심. 속마음.

21　芝岡(지강): 熊廷弼(1569~1625)의 호. 중국 명나라 말기의 장군. 자는 飛百, 시호는 襄愍公. 遼東經略으로서 후금에 맞서 요동의 방위에 공을 세웠다. 그러나 1622년 王化貞이 그의 전략을 무시하고 후금을 공격하였다가 크게 패하자 廣寧을 포기하고 山海關으로 퇴각하였으며, 그 책임을 뒤집어쓰고 1625년 억울하게 처형되었다.

22　一刀兩斷(일도양단): 한칼로 쳐서 두 동강이를 낸다는 뜻으로, 일이나 행동에 대한 결정을 선뜻 분명히 내리는 모습을 이르는 말.

23　交代(교대): 의견을 분명하게 진술함.

24　建節(건절): 符節을 세우다는 뜻으로, 임무를 수행했다는 말.

25　鼓鑄(고주): 금속을 제련하여 기계나 돈을 주조하는 것.

26　水藺(수인): 貴州省의 水西와 四川省의 藺州를 가리킴. 수서는 貴州省 鴨池河以西 지역, 威寧과 赫章 두 縣을 제외한 현재의 畢節地區의 대부분과 六盤水市 포함된다. 인주는 四川 분지 남쪽과 雲貴 고원 북쪽 지점에 위치한 곳이며, 서쪽으로는 敍永縣과 동남북쪽으로는 貴州省의 畢節, 仁懷, 그리고 四川의 赤手와 교차 지역이다. 당나라 때 藺州가 처음 설치되었고, 원나라 때에 이르러 四川行省 永寧路에 속했으며, 명나라 때에 永寧長官司, 永寧安撫司 등에 예속되어 있다가 청나라 1727년永寧縣에 편입되었다. 天啓연간(1621~1627)에 四川 永寧(지금의 敍永) 宣撫使 奢崇明과 貴州 水西(지금의 大方一帶) 宣慰司 同知인 安邦彦이 叛亂을 일으켰다. 사숭명은 1621년 9월에 重慶에서 起兵하여 成都를 100여 일간 포위하였다. 안방언은 1622년 2월에 起兵하여 貴陽을 200여 일간 포위했다. 이후 사숭명이 패하여 水西로 달아나 이들은 合流하여 1629년까지 전후 9년간에 걸쳐 난을 일으켰다.

27　夜郎王(야랑왕): 漢나라 때 남쪽 야랑국의 왕. 자신의 능력과 분수도 모른 채 自尊妄大하며 설쳐대는 사람을 일컫는다. 야랑왕이 1개 州에 불과한 작은 나라 왕으로서 한나라 사신이 갔을 때 한나라와 자기 나라 가운데 어느 것이 더 크냐고 물었다는 데서 온 말이다.

28　以小人之腹, 度君子之心(이소인지복, 탁군자지심):《春秋左氏傳》召公 28년에 "소인의 배로 군자의 마음을 헤아려 보건대 배가 부르실 듯합니다.(願以小人之腹爲爲君子之心,

人疑。因疑自然揣摸[30]出來, 形之紙筆, 也便說到過情田地, 故他先時, 把一箇皮島, 布得星聯碁置, 極富極庶的, 豈肯讓人；況且這島中百姓, 歸依的是他, 兵馬懾伏[31]的是他, 奴酋畏懼的是他, 那一箇來代得；就是中國文臣武將, 日擁歌童舞女, 大俸大祿, 何等不快活。却夾那海中, 不是風濤震驚, 就是干戈擾擾, 這樣苦, 是那箇肯來代得! 他却要引身而退。但他道："不去則心迹不明, 是明把一箇皮島做可負之峴, 是明有餉可冒, 有功可冒, 是箇覓利之藪, 故此戀戀不捨." 所以曾上本, 請內監以絕人的疑, 請出王化貞監督, 以卸自己担, 又陳自己因歷年苦征惡戰, 攘成多病, 乞要休致。這豈是明曉得朝廷無代他人, 把來要挾[32], 也只是不徵處危疑之地, 負不肖之名?

報國眞心天地知, 那堪人事故相疑。
掛冠[33]早遂宗生[34]願, 投老西湖第一堤。

無奈[35]聖上不允辭職, 只差內監鎮守, 他却把一箇搗虛牽制之任, 歸之自己；一箇稽功核餉之責, 歸之內臣, 洒然是非之外了。不期熹宗[36]晏駕[37], 今上[38]卽位, 英明神武, 掃除了逆璫[39], 一應內臣, 盡行撤回, 東江之

___

屬厭而已.)"에서 나오는 말.
29 怪不得(괴부득): 책망할 수 없음. 탓할 수 없음.
30 揣摸(췌모): 반복하여 세심하게 따져봄.
31 懾伏(섭복): 두려워서 굴복함. 무서워서 순종함.
32 要挾(요협): 강요함. 협박함.
33 掛冠(괘관): 관을 벗어서 걸어놓는다는 말로, 벼슬을 그만두는 것을 뜻함.
34 宗生(종생): 南朝 때 송나라 左衛將軍이었던 宗愨을 지칭함. 종각이 소년 시절에 숙부인 宗炳의 질문을 받고 자신의 포부를 밝히기를, "장풍을 타고 만 리 물결을 부수고 싶다.(願承長風破萬里浪.)"라고 하였다.
35 無奈(무내): 어찌할 도리가 없음. 부득이함.
36 熹宗(희종): 중국 명나라의 제15대 황제(1605~1627). 본명은 朱由校. 연호는 天啓. 泰昌帝의 장자였으나 부왕의 갑작스러운 죽음으로 준비되지 못한 채 황제가 되었다.
37 晏駕(안가): 崩御함.

權, 仍舊獨歸毛帥, 依然在危疑之地了。先爲稽查兵馬一節, 王道臣過海, 閱報止于六千。毛帥奏稱: '六千乃守皮島軍兵, 其餘皇城·石城·廣祿·鹿島·獐子·三山·長山·雲從·須彌各島, 及朝鮮彌串·義州·昌城·滿浦各戍, 俱未及閱, 難以此定餉。' 道臣也覆奏[40]道: "是止一處, 亦是此處精銳六千, 其餘老弱。" 還有事雖得明, 却冒餉[41]一說, 紛紛起了。況且爭執之間, 不無憤張, 傍觀也不能無言: "難道眞如毛帥辯疏, 是以熱腸[42]爲國, 不肯奴顔婢膝[43], 得罪朝端[44]。" 是把箇朝端看做可以情面羈縻·貨賄交結的了。不知這人有功于國, 無罪于國, 直言侃論, 人也相容。若這人有罪于國, 有禍于國, 便揮金獻諂, 人也不肯容。把這話鉗人, 是挑人來彈, 激人來論了。所以兩衙門官, 有道他徵兵徵餉, 差使驛騷, 爲登津[45]淮揚一大害的; 有道他請兵請餉, 詞氣要挾, 是跋扈不臣[46]的; 有道他足兵足餉, 負固海隅, 其意不可測的; 還有道剿襲[47]零星虜賊, 冒功的; 有道樹恩朝

---

38 今上(금상): 중국 명나라 제16대이자 마지막 황제 崇禎帝를 가리킴. 즉위 초기에는 전횡을 부리던 宦官 魏忠賢의 세력을 제거하고 정치를 개혁하였으나, 중기 이후에는 다시 宦官들을 중용하여 당쟁이 격화되었다. 그 결과 後金의 침입과 농민반란 등을 촉발시켜 1644년 李自成이 이끄는 농민반란군이 北京을 점령하자 자살하였다.

39 逆璫(역당): 漢代에 환관들이 당과 담비 꼬리로 관을 장식하였기 때문에 후대에 환관을 가리키는 말로 쓰임. 여기서는 명나라 말기 熹宗 때에 무소불위의 권력을 휘두른 환관 魏忠賢을 가리킨 것이다. 위충현은 본명이 李進忠으로 무뢰배 생활을 하였으나, 스스로 환관이 되어 성과 이름을 위충현으로 바꾸고는 출세 길을 달려 희종 때 환관의 首長인 司禮監 秉筆太監과 황제 직속의 비밀경찰인 東廠의 수장이 되어 정치를 농단하였는데, 毅宗 즉위 후에 탄핵을 받고 자살하였다.

40 覆奏(복주): 다시 심사하여 임금에게 아룀.

41 冒餉(모향): 옛날, 士兵의 給料를 가로채는 것을 일컫는 말. 부대 정원보다 적은 인원을 받고, 부대 정원의 급료를 타서 그 나머지를 착복하는 것을 말한다.

42 熱腸(열장): 애끓음. 어떤 일을 열심히 하게 됨을 일컫는 말이다.

43 奴顔婢膝(노안비슬): 노비처럼 비굴하게 아첨함.

44 朝端(조단): 조정에서 일하는 신하 중에서 첫째가는 지위.

45 登津(등진): 登州와 天津의 합칭어. 登州는 중국 산동성에 있는 지명이고, 天津은 중국 河北省 동부에 있는 지명이다.

46 跋扈不臣(발호불신): 제멋대로 날뛰며 신하의 도리를 지키지 않음.

47 剿襲(초습): 남의 것을 슬쩍 자기 것으로 함.

鮮, 大可疑的；有道他地大兵多, 尾大不掉[48]的。

　　薏苡[49]原堪議, 弓蛇[50]屬可疑。
　　防微[51]有深計, 彈射[52]敢遲遲。

　　這幾節事, 若說箇不該差人徵調, 有司便視爲緩務, 如何得餉得兵？若說不驛騷, 毛帥不能使人人如自己, 怎免得這干人借差生事, 詞氣要挾？處困極之地, 不得不急聲大呼以望救, 說道急不擇音[53], 然告君之體宜慎。負固[54]海隅, 不在海中, 何緣牽制；不足兵食, 在海中也難施牽制之功, 但在防微慮漸的, 不得不憂他。至說剿零星之虜冒功, 這也是邊上常態, 多發撥夜, 一掩殺, 因報大擧入犯, 臨陣教殺, 却零星也是虜, 有首級便是功。說到尾大不掉, 也只在毛帥之心, 不受節制, 雖孤軍, 也不爲用；若

---

48 尾大不掉(미대부도)：꼬리가 커서 흔들기가 어렵다는 뜻. 일의 마무리 단계에 일이 크게 벌어져서 처리하기가 어려움을 이르는 말이다.

49 薏苡(억이)：억울하게 참소를 당하는 것을 일컫는 말. 後漢 馬援이 交阯國에 있을 때 瘴氣를 이겨 내려고 율무[薏苡]를 먹다가 귀국할 때 한 수레 가득 그 씨앗을 싣고 왔는데, 생전에는 그가 왕의 총애를 받고 있었기에 여기에 대해 다른 말이 없었으나 그가 죽은 뒤 수레에 싣고 온 율무가 실은 眞珠와 文犀 같은 진귀한 물품이라고 비방하며 참소하는 이가 있었다.

50 弓蛇(궁사)：문건을 착각하는 것을 일컫는 말. 後漢 杜宣이 술잔 속에 비친 활 그림자를 뱀으로 착각하고 술을 마신 뒤에 기분이 언짢은 나머지 복통을 일으켰다가 진상을 알고서 쾌유했다는 '杯弓蛇影'의 고사가 전한다.

51 防微(방미)：마음에서 생각이 일어나 막 선악이 나뉘는 기미를 보고 방비한다는 뜻. 일의 꼬투리가 처음 싹틀 때 방비하는 것을 말한다.

52 彈射(탄사)：지적함.

53 急不擇音(급불택음)：《春秋左氏傳》文公 17년에 "사슴이 죽게 되었을 때에는 그늘진 곳을 가릴 틈이 없다. 소국이 대국을 섬김에 있어서도, 대국이 덕을 베풀면 소국 역시 사람의 도리로 섬기겠지만, 덕을 베풀지 않으면 죽게 된 사슴처럼 행동할 것이다. 빨리 달려 험한 곳으로 달아날 적에, 급한 상황에서 무엇을 가릴 수 있겠는가.(鹿死不擇音. 小國之事大國也, 德則其人也, 不德則其鹿也. 鋌而走險, 急何能擇.)"에서 나오는 말. 音은 蔭과 같다.

54 負固(부고)：지세의 험준함에 의지함.

乃心本朝, 勢大更可效力。這紛紛議論, 聖上都不因他生疑。況且有一箇
極可息疑的議論: 毛帥所以得號召各島, 以有天朝的名號；朝鮮所以與他
唇齒, 亦因他是天朝鎮臣；又各島之富庶, 不盡是屯田, 全資天朝商賈, 糧
餉, 斷不可少天朝, 不惟未嘗有二心, 原也不敢有二心。若一有異志, 有如
時論所說的, 不可測·大可疑, 歸奴見疑, 歸鮮不受, 孑然孤島, 坐以待斃,
知者均不爲的。他秉性[55]忠貞的, 怎做這樣事, 但懷忠見疑, 以貞得謗, 此
心怎甘忍, 怎肯置之不辯。

　　身爲非刺的, 臆滿不平鳴[56]。
　　肯惜疏封事, 愨愨悟聖明。

　　所以累次上有一箇奇冤可以含忍事, 敘自己功, 解那冒功跋扈并那尾不
掉·不可測的議論, 道是六年春奴犯寧遠[57], 卽攻海州, 五月入犯寧錦, 砍
斷三岔河聯橋, 七年鐵山之戰, 身中三矢, 元年六月帶疾出哨長山。不必
聖旨激發, 不必登津移文, 有警卽出, 未嘗有呼吸不應, 未嘗敢策應不前,
未嘗虛張聲勢, 以爲功績。且軍中有以韃婦充韃子, 以遼民充韃子的, 盡
行明辨, 不令混淆。至于生擒獻闕下, 法司審譯, 別無假冒[58]。又述自己
所以被謗的緣絲, 朝中彈射的意思, 是他性太急, 口太直, 或因疆場起見,
不能容忍；又世圖交際, 他貂參金幣, 絶不通于朝中, 又認眞[59]執法, 不以

───────────────

55 秉性(병성): 천성.
56 不平鳴(불평명): 韓愈의 〈送孟東野序〉에 "대체로 사물이 화평함을 얻지 못하면 우나
니, 본래 소리가 없는 초목을 바람이 흔들어서 울게 하고, 본래 소리가 없는 물을 바람이
출렁이게 해서 울게 한다.(大凡物不得其平則鳴, 草木之無聲, 風撓之鳴, 水之無聲, 風蕩之
鳴。)"고 한 데서 나오는 말.
57 六年春奴犯寧遠(육년춘노범영원): 제1차 영원성 전투를 가리킴. 명나라와 후금 사이
에 벌어진 전투이다. 명나라가 袁崇煥의 지휘로 이 전쟁에서 승리하게 된다. 이 전투로
인해 명나라 군대는 연속된 패배에서 일시적으로 소생하게 된다.
58 假冒(가모): 남의 이름을 제 이름처럼 꾸며서 말하는 것.
59 認眞(인진): 진지함.

情面敗公事，如此故觸怒太深，糾彈不少。又乞查勘，以息冒餉之議。聖
旨：“該鎭兵餉已淸，毛文龍當圖報著功，人言自息，不必奏辯。該部知
道.” 蓋不以他爵祿爲可有可無之物，人必竟道我借東江爲貪橫之資，不表
我一身爲有功無咎之身，人必竟指東江爲非刺之的，直至把黜陟聽之朝
廷，把瑕瑜聽之議論，以效忠無二者，聽己之心志，則專制東江，不得說他
是貪位慕祿[60]。

江東寵深權重，固召議之准；展轉致辯，正招嫉之因。存之以見防微杜
漸，朝端不可無此深憂。而毛帥可以去，可以殺，則其心事亦可諒也。

---

60 貪位慕祿(탐위모록): 지위를 탐고 녹을 사모함.

찾아보기

요해단충록 7

『古本小說集成』 72, 上海古籍出版社, 1990.

여기서부터는 影印本을 인쇄한 부분으로 맨 뒷 페이지부터 보십시오.

卷之七

第三十一回

有俊自刎鉄山關　承祿柜虜義州路

虜騎向邊臨　旗旄障日陰
揮戈無剰力　借箸欲枯心
玉壘何嫌固　湯池豈厭深
援師渺安駐　空谷足來音

右近體用張雎陽韻

國家雖安忘戰必危當日奴酋身死中外便有一

聲息必聞十一月中已有回鄉王什祿來報說十
十里離義州水陸路俱一百六十里原與奴不遠。
後有珍珠島陸路離鉄山八十里水路離鉄山三
他却弁心在鉄山雲從一路雲從島前有西彌島
鼠之類示關上一簡可欵之機使關上不遽絕他
僧去吊孝看他動靜不知妳子已立衆皆貼然他
猨徜傳家反又借欵欵我答關上玄孤皮人參貂
爭立家中必有干戈何能及遠故關上曾差喇嘛
簡息肩的肚腸還又把簡常情度量道奴子必竟

二月奴子大王子與六王子出兵犯槍寧遠只怕

東兵搗巢要先發兵封截江邊又報河西差官前

往講和許他撫賞銀子酒器叚布奴子計議道等

他償我只管竟收毛帥知此信息恐他佯和緩我

軍心仍舊猝犯連具揭登撫轉報關上嚴防不期

双子與佟李主意道關上旣在此講和他斷不遠

然發兵來犯遼陽況與兵動衆更須多川他收束

江是假的毛文龍逼近老巢新城我一動犯槍他

便搗虛他收關却是真的不若聲言犯關暗襲毛

文龍以絕後患況是朝鮮義州節制使道自毛帥
在了鉄山俣得他州裏不是鵃巢兵往來就是遼
民來住宿騷擾得緊意思要奴兵驅他入海也得
安靜暗約奴兵若來便與他做鄉導只不要殺害
他地方初時奴子還恐是誘他後來道毛文龍我
決要起大兵勦殺的若要我不擾你義州地方你
須着人伴我兵馬吩你麗人掩襲他沿江屯堡方
纔可免義州節制二一應了大王子與二王子各
領了四萬人馬共八萬黑夜起來此時二月十四

毛有俊死

日毛帥正在雲從島這邊奴兵前哨已扮作麗人

把沿途一帶撥夜盡皆殺的殺拿的拿了隨後拿

了撥夜都司毛有俊解與大王子大王子叫放了

綁好好問他道。你是毛家家丁麼你知道毛文龍

在那裏你領我去拿了他。我就封你在鉄山做筒

總兵毛有俊道毛爺是我恩爺我肯領你去害他

麼說罷自知不從必被他害忙奪側首慌子的刀

向喉下自刎。

数年蒙卵翼、

方寸銘恩深、

三十一回　　　三

肯惜臨危死。　令人笑二心。

大王子見了道打破鐵山雲從島自有毛文龍我

也何必逼他竟領兵攻鐵山關關上防守的是都

司劉文舉忙放火器當不得他人多也不盡由關

上穴岩度嶺都巳到鐵山圍繞了總鎮府過處搜

尋毛帥劉都司知事不支却死戰不走本郡降又

不肯從竟為所殺。

　身當虎豹關。　　獨作熊羆氣。

　肯為汶汶生。　　甘作烈烈死。

山中兵民紛紛逃竄奴子都不行傷害逆我止要

毛文龍你們各安生業盡行招撫不害一人十五

大王子又先領兵四萬向雲從島來毛帥知得鐵

山已惱一面分兵防守皮島一面自督兵攘住闖

口迭放火器奴兵乘冰凍水陸兩處冗進毛帥把

一箇雲從島兵馬擺得滿滿的與亙相拒互有殺

傷毛帥身先將士左右臂身上也中了三箭毛帥

猶自不敢懈息正相拒時只聽得一聲响處風雨

大作西南洋裏飛起一條黑龍來

三十二回　四

宛轉玄雲百丈蜿蜒墨霧一行。鱗如點漆耀

寒芒掀起半洋風浪。 黯黯北方正色䰄䰄

東海飛揚清波相映倍生光奮峯雲霄直上

想是聽了銳炮之聲誤作雷動竟自海底飛出氷

凌俱裂開還帶有氷雹如雨似奴兵頭上打去奴

兵只得暫收對雲從島下營毛帥分付內丁都司

毛有德毛有見泰將尤景和各領兵一千乘夜撬

他各營三箇得了將令各帶火器鎗砲悄悄出島

掩殺果是奴兵齊特自己兵多邀毛帥兵少只可

8

自守不敢出兵不曾防備被他三箇領兵橫行直
撞在虜營内冲打可也打死奴兵數千毛有德毛
有見因要乘亂入取大王子深入虜營被賊悗箭
交射各中數十矢死在賊營三路兵也共折有七
百多人退回十六日大王子惱怒急調六王子兵
一齊到來定要攻破此島擒捉毛帥毛帥紙死防
單人心不免搖動島中向有降夷十餘毛帥將橋
壯猛勇的收入麾在帳房前後歇宿又各處岸上

十長錄　　　三十一回　　五

擒了毽賊不下千餘裏邊有幾箇降夷約定毛帥
帳下降夷剙謀要在夜間放火燒屋乘勢放出向
擒韃子合勢砍關放奴酋入島毛帥也還不知有
幾箇內丁見降夷們都着甲尋有器械事洩可疑
忙來稟報毛帥毛帥道他是要為我出戰使鬥陣
夷頭目一將有五七箇頭目來見毛帥道三五日
間要你們上岸我每日分付與你酒一瓶肉一觔
可有麼答應道沒有毛帥便大怒叫管理官呌到
說他故違將令尅減酒肉郊管理再三辯是人多

島中一時要千餘甌酒千餘觔肉也不能得毛帥

還道他不禀不委曲處置將那管理將打了三十棍

叫分撥各將晉領一箇將官管二十名將帳下運

千降夷都調開又暗暗分付夜間斬首到十七夜

這些降夷舉火燒屋吶喊時沒箇來應的都遭槍

拿毛帥又恐搶來夷人作禍俱行砍殺雲從島中

從此無事不愁中變了相拒數日奴子不能取勝

只得退回

墨翟守編奇　公輸計莫施

三十一回　六

11

人和地逾險　　休向鐵山窺

在宣川下了營道是朝鮮哄他來不能搶得毛帥
大惱就將朝鮮地方殺掠二十日攻下朝鮮郭山
殺死了朝鮮兵馬六七萬燒燬他糧米百餘萬石
又要去攻打安州到義州殺義州節制使也是叫
做呼蛇易遣蛇難也只叫做害人自害朝鮮全羅
道京畿道平安道咸鏡道黃海道各各屯兵據險
自守也有與奴兵相拒的奴兵就也不能深入毛
帥知他也不能奈朝鮮何朝鮮火到身上也不得

亦一奇

不撲柷待要疲憊的疲眅破他傳令遊擊曲承恩

將烏龍鴨綠江上樂盡行打開江中船隻盡行拘

剛使援兵不得接應便遣兩王子也不得回又差

都司毛有詩收拾鉄山宣川敗殘人馬守住鉄山

自已帶領陳繼盛項選毛承祿各各抄路四出相

機攻擊仍飛報登撫道奴酋精銳八萬俱囬朝鮮

未囬遼陽四王子部下空虛闊上正宜發兵攻討

勢可必勝且上疏乞糧餉接濟屢奉　聖言着登

撫發水兵為東江之援為犄角之勢又着毛帥相

三十一囬　　七

機應援朝鮮纍懷宿憾敕儆六計櫃蘭著登撫臣

邪登青萊三府會儲兼風刻日開帆接濟又勤支

賍司爲戍止便發措黃社軍擊臭撫因　聖旨

嚴切先着水兵都司孫勇曾爲前鋒張斌良爲中

軍任義爲後勁各船二十隻兵五百名令盧聲援

應又在關脅遏兵九千令在甫爲先鋒趙率敎屠

中未夢𠭊應斲自肅鎮爲監軍進過三岔河聲言据

𠭊那蒯乇鈾各寄毛帥祿與鹿莢擊大敗奴兵于

義州歷經歷兼奴兵用槊經晏延關從後尾擊也。

14

大敗奴兵項遁伏兵在鉄山待奴兵夜至殄他鉄

炮齊發打死韃賊無數所擄朝鮮人畜金帛盡行

奪下各水軍又在渡江時邀其半渡亦得全勝遁

戰雖毛師大為所挫奴子邦亦大喪士馬勝負實

兩相當。

老酋天斃逆雛嗣興爾時必有一番更張震動

使毛鎮移其死鉄山雲從之死士使效死丁

新城老寨之間而袁撫亦以板東江之水陸

並進于三岔以東登撫鎮令各島進懷前衛

卜式公表　三十一回　八

諸地開一網宥佟李裂河東以外分降夷命

王世忠承北關之緒卽奴子中有送欵者亦

得分長建州奴子非降卽走然後宿重兵于

清河撫順更發兵一支佐王世忠復有北關

以關寧之全力分屯遼瀋開鉄以東江之全

力分屯四衛鎮江或亦固兩河之策乎奈何

懲戰之害不知出此反春平爲鉄山之潰

寧錦之拒也兩人益知後着之支撐而不知

先着者哉吾甚惜此機會矣

鉄山失事終是踈畧但家丁多死事之人亦見

養士之報

三十一回　　九

第三十二回

除民害立斬叛賊　扞丹心縛送孤山

戰歇雲從嘆不禁　凋殘士馬盍悲吟

扶危終是英雄事　不轉常存烈俠心

佞舌關關聲自絮　丹衷黯黯筒徆深

艱危歷試渾無二　堅確應同百鍊金

常看古來英雄不肯背人的是簡薛信但感漢王

大恩雖許他三分天下也不聽但當時韓信已得

了三齊不是計窮力竭之時不降也不為炳烨到

半身錄　　三十二回

確
論

計窮力竭之時在降之中寓一箇婉轉不降之意。

無如雲長公始降漢不降曹究竟棄曹而歸漢但

我以為此段固是雲長公忠貞不磨亦是箇天祐

設使一箇事機不得湊巧不得伸其志後邊那一

箇為他表白如李陵因戰敗降胡道陵之不死將

以有為也誰則信之故大英雄人立得定見得破

過盤根錯節正可見利器只有箇竭力致死無有

二心毛帥當日雲從之戰後邊雖也邀截他歸師

也曾獲勝但當日奴兵勢大人心搖動差夫救援

宣川的是箇家丁都司毛永願他也不顧毛師撤

下領的一千兵帶了些家眷兵丁有二百多人自

向旅順逃了做了箇平時的父子急難的路人向

委守島的叅將高萬重他在島中風聞得鉄山失

守他着令中軍劉璋把島中收拾一空還把一箇

池鳳羔高監武的妻小家財都佔了女婦共有五

十餘箇貨物二船又將商人守凍的米盡行分散

行糧竟逃入登州其餘還有李鑛李鉄鄭繼魁焉

承勛或是臨陣棄兵而逃或是守汛棄地而逃各

中史録　　三十二回　　二

21

不相顧毛帥只得按軍法行事把逃囘被人拿到

的砍了四箇號令軍中譌言惑衆的割了耳人心

稍定只是義州一帶守堡俱遭殺害鐵山宣川俱

遭魁陷人民逃散糧食不存雲從皮島雖未破都

遭降韃放火燒糧糧食不敷各處客商與解來糧

俱閒兵亂沒箇敢來剩有陳繼盛毛承祿道千總

難不離也只得從在島客商借得此三五麥充饑且

麥還不足還又把死牛馬肉凑飽。

窮間羅雀難充食。　　　變至烹童未解饑。

特有貞心堪固結　任教殞死也相依

可憐當日毛帥剪荊鋤棘鑿壕建堡開關成的地
方推食解衣遠柔近撫招來得的百姓都經踩蹋
殺掠盡變了荒涼之景奴會知他困窮意思要招
降他若他肯連和使無內患得以專攻寧錦就不
降看得他為中人馬不足糧餉不數不能出兵招
纍且把和哄誘着他遠府長驅直走關一也無從
慮其時一簡馬秀才願往遠馬秀才是開原
廩生平日也是上衙門說分上無恥之人開原失

千忠戮　三十二回　三

服廳不清

便悶臉降奴與他招撫村堡降顧的借進貢名

色索他財帛不降的竟將來殺害把他妻女家私

盡皆掠去全遼被他害的也多至此他自恃口舌

伶俐動得毛帥要來奴子便着他帶了奴子一箇

信用的人可可孤山一箇都堂大海還有四箇夷

人帶了禮物率領這千七騎竟到雲從島來路上

遼民認得的無不唾罵他却謟是天使怡然自得

着人一路傳報來到轅門

　疑將鸚鵡舌　　　　　巧㨗歲寒心

正氣

毛師着他進見還穿了中國衣巾先行了簡庭叅

後邊叫可可孤山等過來相見送上四王子所送

禮物是

金馬鞍二付。

人參十觔

玄弧皂貂閜子各一件

貂鼠皮十四張

馬秀才先開言道大金國主久慕將軍願得通好。

薄其壤地之奠唯元帥比存之毛帥道我聞人臣

無境外之交這我也不敢收但諸君此來必有見

教。可可孤山也是箇奴酋部中了得的人生得儀

子昆余　　三十二回　　四

亦覺詞令

忠錄

容瑰岸善為華言他說道我王兵力元帥所知云

從之戰兵威不盡加于元帥却用干勾引犯元帥

之麗人我王不欲以力勝元帥欲以德懷元帥也

今元帥孤處海島與我王相仇殺中國並不聞一

兵一船相救援且內監擁權山海一帶俱川內監

鎮守更間元帥地方亦有內臣元帥誅荊剪棘得

有此土況復苦征惡戰以保之乃竟令一宦監雍。

雍有之自反出其下乎知元帥嘗未肯忕忞凮王

意思差小官們來勸元帥背晤投明待元帥以不

臣之禮尊以王爵且舉南四衛盡與元帥使得屯

田牧放以給兵食何似仰給登萊士嘗若飢乎若

元帥慮數年爭戰仇釁已深恐不相容不知我王

大度夙聞今當新立正開誠懷遠記功忘過斷不

褊褊自塞歸降之路若元帥不相信便與元帥鎖

刀立誓盟之神明並不相欺毛帥道勝負兵家之

常前日鐵山之戰我師似稍失利而義州晏廷闍

之截殺你家兵馬亦喪失無限旣無德之可言亦

何威之可畏至内監之來我正欲資爲羽翼寧有

卧忐錄　　三十二回　　五

忌心若云以南衛與我何不併遼陽而還之朝廷

退守建州以免生民塗炭我自亦休息士卒不與

你爲仇如其執迷今日正相仇之始豈有連和之

理孤山正待開言只見馬秀才道元帥生員此來

非爲國主實爲元帥中國士夫短于任事長于論

人惡人之成樂人之敗故當日勇于爲國之熊經

畧今日安在今者雲從之役中國當必有羣起而

攻之者元帥何苦以一身外當敵國之干戈內禦

在朝之脣舌不若中立其間聽相爭于鷸蚌毛帥

道人臣並没箇坐視國家亂離之理且我豈無惑
尤人不得訾我。聖上眷顧甚隆亦非人所得訾
也馬秀才道我一心苦苦勸元帥者固為朝廷不
能容元帥還恐此鉄山雲從亦不能容元帥並生
員于路所見精甲巳盡于前日之戰陣城埠巳爽
于前日之攻尅糧餉不繼士馬不能飽半収其所
謂何恃不恐況朝鮮之交携常恐有肘腋之變内
監之出鎮未必非雲夢之遊元帥何不聽削生于
前反致悔于未央之日可可孤山道馬秀才醉生

丹心公彔　三十二回　六

恆明元帥請自三思毛帥作色道我有甚麼思但

知人臣為國無有二心便至斷頭刎頸也不變肯

為你搖唇鼓舌所患乎此時毛帥心中也想這干

人來探他虛實他一路來知我洞徹放他不回去

使他有輕我的心還無意殺馬秀才只見馬秀才

從從容容走上堂來道生員還有密啟便附耳待

說些「甚麼毛帥怕惑了軍心便大怒叫拿下綁首

立堂的旗牌忙趕來一把揪下堂來毛帥叫斬了

眾人忙剝去衣巾將來綑了馬秀才忙叫兩困相

孚不斬來使我為元帥而來豈得害我毛帥道你是甚麼來使你本是中國叛臣你既讀儒書豈不知禮義列名士藉當感國恩你身為不忠都更然把不忠汙我這豈可留于天地之間馬秀才再三求饒可可孤山也為他叩頭求免毛帥不聽竟叫驅出轅門斬首繞郷得出轅門郤遇這班遼民遶他害的正要進轅門控訴見了不待刀斧手動手各人帶有刀來割箇粉碎不一時早巳剮了

擬將巧語奪忠肝　　百轉難廻徑寸丹

三十二回　　七

一似腳生遊卽墨。厄詞未罄骨先殘。

這是馬秀才罪大惡極自投羅網却也見毛帥赤心白意爲國除奸刀斧手獻頭這幾箇韃子驚得跪在地下戰戰兢兢不敢做聲獨有可可孤山神色不撓毛帥也不恕殺他道你奉使而來我也不恕殺我都不可囿你分付囿在公館叫好看待他隨卽其一箇本差官連人連金馬鞍等物起解進京一面又分付將士道前日聞得關上有使人在奴酋處祭弔是關上去覷他動靜他因而把一箇

和去愚關上、止住了關上之兵、舉兵直犯我鉄山

今日他來求和是他來看我虛實目下必竟欽我

因而入犯寧錦各將士各須用心報國堅守汛地

乗勢進戰若是李鑽這一千逃將不惟貟我枊且

貟國貟我我可容得貟國國豈能容不日逃那正

法了。仍舊于東路增添哨探防守昌城澹浦義州

至鉄山一帶地方西首申飭將領固守各局不許

輕離又移文登萊乞取軍餉軍需接濟以為寧遠

聲援。

三十二回　八

再振桑榆氣　　彌堅鉄石心

後來可可孤山解京發法司會問法司見他人物整齊又曉得中國語言題本乞留他不殺以便詳問奴中情事至逆奴犯順時阿卜太生搶我總兵黑雲龍阿卜太要將來換去可知孤山亦是奴中得力人若使毛帥放去他知了島中消息豈不為患乎

烈士斷無二心即縛送孤山亦非奇事然亦聊解通奴背國之疑。

天下多如馬秀才青衿眞穢府矣恨恨

三十二回

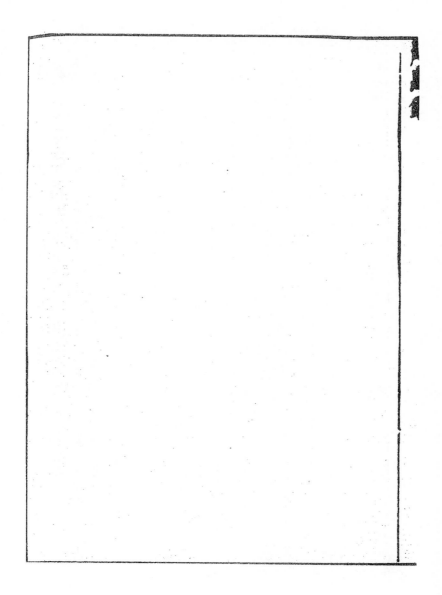

第三十三回

請鎮臣中外合力　分屯駐父子同功

庵節擁貂金。　樓船同海薄。

勢何嫌掣肘。　人願得同心。

寶劍橫荒島。　彫弧出禁林。

虎幃多合志。　醜虜可成擒。

宦官監軍古以爲恨我的意以爲我之精悅足以

格王我之威望足以服人雖日在我之側何能讒

我何能掣我反足以安　聖上之心張我之勢不

三十三回　三

37

然如秦王翦以六十萬人伐楚，恐秦王之疑，多請
田宅以安其心，更何如借其親信以自輔，更不足
使。聖上與舉朝釋然無疑，廢況可以分我之權，
而爲二，又可以置我于兵衝而不懼，還可曰跋扈
還可曰尾大不掉，廢毛帥當日威名旣重，謗自
生，因寧遠之寇不聞牽制，部議要移鎮　聖旨着
自己審處奏報以圖結局，毛帥卽具疏言寧遠之
寇業已先期揭報，正月二十日復至海州，豈云牽
制不聞，至移鎮則須彌島之去奴寨，在五百里內，

亦科臣所目擊至所自審處以圖結局則以人心

論寧遠遼兵少西兵多東江則以海外孤懸無所

退避盡用命之人心以地勢論寧遠至遼藩俱覺

平坦道無險可含藏難以出奇攻襲可守而不可

戰東江則憑險可以設疑出奇可以制勝水陸幷

通接濟則難戰守則得筭　廟堂議論俱以東江

為牽制之處局不以為進剿之貲事錢糧半饑半

飽軍需若有若無奴不西去不言牽制得力奴一

過河便是不為牽制豈不念全遼不復山海終危

明自貝子

鄭得成功

十二民　三十三回　二

奴賊不滅終為國患奴伏而群情泄泄奴動眾議

紛紛而今日之小結局唯扼奴酋進寇之兩路從

鎮靜堡進守廣寧可當鎮靜之鋒自遼瀋來從三

岔河進駐三岔可截狂奴之渡如是寧遠可以安

堵山海可以無虞神京奠陵寢寧天下可以完回

且再請內臣一員出舊撫王化貞于獄至海監督

他益實見得事業可成而海外之功原無虛

胄若使一有人監督便不能專制一方就能核我

之功核我之餉何苦使已闢草菜以創建者人從

容有之且目仰其面色受其簡制

闊地海之湄　　　披榛豈厭疲

何妨戴淵至　　　同固國潘籬

後來　聖旨因他請討內臣二月內差兩箇內臣

鎮守傳與戶兵二部道

聖旨朕惟謀國之誼中外比之同舟用兵之形特

角方于捕鹿蠢茲逆奴犯順十載砥歷三朝東顧

足憂實勞宵旰念毛帥獨奮孤忠支撐海外遠提

帥旅閱歷當時乃中朝實倚為輔車而夫輔毎覬

三十三回　　　三

為秦越。疾聲莫應供臆不敷。枕甲荷戈有枵腹呼

輿之困陪臣屬國苦資糧匱展之供乃子百尓艱

危之中尚有屢次俘獲之績似此苦心朕且嘉且

憫卽令逆奴天誅。而叛孽尙懷叵測朕志復祖

宗封疆遠念將士勤苦其所處皮島一帶地方實

宰制剿除要着去冬薊鎮曾有請討內臣駐扎之

奏朕熊思審處久未施行今特命總督登津鎮守

海外等處便宜行事太監一員。御馬監太監胡良

輔提督登津副鎮守海外等處。太監一員御馬監

42

太監苗成中軍太監二員御馬監太監金梃郭尚

禮都着在于皮島等處地方駐紮督催餉運查核

錢糧清汰老弱選練精强一應戰守機宜軍務事

情着與毛帥和衷協力計議妥確而行不得輕易

紛更亦不許膠執故套更要不時宰製相機剿除。

期奏犁庭掃穴之勳朕何靳錫盟帶礪之典凡有

戰獲橈功照前一一解級如遇偵探機密事情及

島中戰守聲息緩急卽便據實直寫星馳密奏以

慰朕懷念島中合用器具軍需皆屬奧緊玆特發

43

御前節省銀五萬兩各色紵絲通袖膝襴二百疋。

五色布四百疋以備營伍作正公用又查發得頭

號發熕砲三位二號發熕砲六位鐵裡安邊神砲

六十位鐵裡虎蹲神砲六十位頭號佛朗機二十

位二號佛朗機二十位三眼鐵銃五百桿隨用提

砲什物全盔五百頂奪腰甲五百副長靶苗刀二

百把刀一千把弓一千張箭一萬枝單鈎鎗一百

桿大小鉛子三萬箇火藥二千斤就著胡良輔等

都隨赴皮島等處地方軍前應用及閩特命親近

兩臣與毛帥同居海外風波隔阻潮汛艱危掌握

院專事權宜重所有合用勅諭關防等項諒郎上

緊頒給施行務使東江一著不徒疑敵之虞聲面

兩河三岔確資固圉之實效特諭。

　　　　心可貫旻蕢。　　　威堪振遠方

　　同仇資虎士、　　　犄角借貂璫。

小欽羊頭凹皇城島直至皮島毛帥欣然相接與

兩內監自登州下船歷廟島珍珠門鼉磯島大欽

他悉心籌畫簡閱各島將領欽給銀五萬分給各

尊忿錄　　　　三十三回　　　　五.

將士以賞其勞，移文朝鮮，獎賞能協力破奴遏著

他同心共濟歸附遼民，向因鐵山之亂復行逃散，

招撫令他復業，又與兩監討議道目下蒙　聖恩

給有器械屢有

嚴旨督催糧餉，不患無糧但鐵

山一帶地方鴞巢只便要救寧遠則遠兇且奴酋

犯雲從時雖用詭計殺我撥夜襲破鐵山後邊差

毛承祿等遶截于義州晏廷關等處殺他兵馬無

筭數移兵攻朝鮮，朝鮮雖大為殘破後邊為朝鮮

拘刷臨江船隻阻江而守奴不能進我兵又輪關

姚方暑

烏龍江一帶船隻使他不得退。到那援絶糧盡之

時奴子亦甚張皇想來寧番斷不敢正視雲鉄垂

涎朝鮮雲從鉄山只一偏將守之幾力巢窩可也。

若要急救寧錦呼吸皮島得以捷走遼陽無如廣

鹿諸島這須本鎮自開府長山島待奴犯寧錦時

本島即督兵東取旅城黃骨西窺旅順登海中路

直取歸順紅嘴二堡更以水兵直入三岔砍斷縣

橋鉄山之兵又可由昌浦取老寨是當日以登津

與關上爲三方猶覺迂緩不若以關上長山皮島

子恩象　三十三回　八

為三方是于奴子為切膚但移鎮事大且長山去
登州為近恐議者讓我避險趨近地這須酌議
題請兩內監隨與他相視見他經畫甚是切當即
為他具題。聖旨准毛帥移鎮長山島毛承祿陞
副總兵分鎮皮島以為犄角毛帥又于報義州晏
廷揆音疏內奏數之不可恃。聖旨向日奴議雖
寧鎮別有深心在中朝原未嘗許令日關寧別無
調度何以朋不為狡奴所廖而為屬國口實乎戶
兵二部關寧二鎮作速從長計議回奏又在奴謀

極狹踈內乞于喜峯口一帶設防并處逃將奉

聖旨覽奏奴撑往逗臣測既經提剛渡兵躲鮮復

借西廠圖人秋多津蓋在在宜防喜峯口等處要

害埋伏次罪堅體屬稱以待甚得制勝先着兒得
以溼外而

逃將李鎭李鋮及鄭體奎鄭繼武高應泓皆法
廢紀者不正罪何以懲衆着內鎭臣會同忖撫諸
應之以首

臣即行梟示以肅軍律

早心投法網 何似礪忠貞

似此移鎭以遍虜特角以張勞借監臣以速軍衞

三十三回 七

霸遼將以振士氣真可倚倘三方之用情平豐穡者

鎮之間不得因犯寧錦為搖動則力有不及耳

昔武穆賀和議成表中有唾手燕云終欲復偲

而報國誓心夹地當令稽首以稱藩一聯卒

仟膊率至死不意復有以讒欵而蹈之者

讀教當道辨有日所以誤天下而苦邊者江

東鳥甚懿歟之者素矢寧蕭蒨終以國事長

私倪此則以私倪而誤國事耳睚眦快矣于

國事何

分鎮兵機狙詐作使手民人命不知故能經不

能權

三十三回　　八

第三十四回

浦總理寧遠奇勛　趙元戎錦州大捷

分崩虜騎如潮瀉，　鼓聲雷動寧遠下，

長圍虹亘百餘里，　靴尖踢處無完甃，

將軍神武世莫偸，　怒頷張戟雙月顱，

劍鋒掃虜秋簜捲，　紛紛聚蟻無堅屯，

尸沉馬革亦何畏，　流矢溽身驚集蝟，

大呼直欲盡歕止，　風雷疑是軍聲沸，

胡奴走盡壘壁開，　一城士女歡如雷

果然

十年積餽一時破，虜馬應自忘南來。

捷書飛入明光裏，天子披之當色喜。

安得將士皆如此，恢復兩河須臾爾。

岳武穆太平訣是箇文臣不愛錢武臣不惜死但奴酋發難以來上下打不破一箇惜字敗壞名節也不惜驅削爵秩也不惜身陷圈圄也不惜只惜得一死所以遇戰遇守只是一逃結局若挣得一箇死一刀一鎗與他夾一死戰豈不是箇奇男子。烈丈夫況且也未必是箇死局奴子自朝鮮回兵

料得東江一路兵馬新經戰陣未必能搗巢也未

必能攻遼陽。四王子竟帶了十餘萬人馬打着白

龍旗直渡三岔河由西平至廣寧過牽馬嶺義州

戚家堡竟向錦州五月十一日早辰巳到城下沿

城四面扎下營城裏防守的是平遼總督趙率敎。

帶領着總兵左甫副總兵朱梅內臣紀州四箇人

分門把守。到得次日早辰這干韃子分做兩路螞

蟻也是扛了雲梯搃了攻車人頂着挨牌都到城

邊攻打那城中火器顏多。一陣不了又一陣打得

　胖　忌　隊　　　　　　　　三十四回

之策

這干韃子不敢近前還又打死了許多直摜至天
晚只見奴兵先步後馬仍舊帶了攻具退在西南
五里下了營每日輪馬兵一萬餘在城下圍繞困
城。此時已經塘報報入寧遠關上守寧遠巡撫袁
崇煥計議奴兵勢深入勢不能久只須四面出
兵疑而擾之因募敢死兵士三百名前往砍營又
調出援東江水兵在南北汛口虛張聲勢力又差撫
夷王喇嘛督西虜會長貴英等在近錦州地方屯
駐關上經理大總兵滿桂着副總兵祖天壽為前

兒得哭

鋒自督兵在後十五日星馳赴援十六日在柘淵

正值奴子分兵前來兩邊拒敵砍扑良久傍晩收

兵韃兵在塔山下管蒲總兵在寧遠城下下營相

拒三日到了二十一日蒲總兵想道韃賊安營塔

山斷我寧錦往來消息必須攻走更議救援者選

延不進不惟錦州勢孤也令賊笑我畏縮越發往

繼自統兵在後隨進約莫天明已到荙離山王忠

遑遽夜起兵着把總王忠作先鋒叅將劉恩作後

見不過五七百韃子便上前砍殺須臾劉恩也到

卞忠泉　三十四回　三

正兩下酣戰不料山左右抄出兩支韃兵把這兩

支兵竟裹在中間這兩將抵死要殺出却得滿總

兵帶兵又自外殺來韃兵反做了箇裡外受敵大

戰有兩三箇時辰眾兵射傷他許多奪了他二十

六匹馬韃賊只得帶了尸首退入山裡滿總兵也

因山險不便進兵仍收回寧遠札營城下

　　醜虜干天討　　　　王師事遠征

　　兵威無敢逆　　　　血戰掃鯨鯢

正要議二十八日起大兵收援錦州那奴會都也

壯士語

會計議道我今圍錦州寧遠可以發兵收應不若
先把大兵打破了寧遠錦州是箇孤城勢孤援絕、
輪兵困守不消攻打他自逃了留下萬餘兵馬圍
困錦州帶了兩箇兒子一箇召力兔碑勒一箇浪
蕩寧谷碑勒直向寧遠先就灰山窟窿而首山連
山南海結下九箇大營此時鎮守內臣議要各將
分門拒守滿帥道没一箇躲在城裡聽賊眾圍城
之理滿帥分付總兵孫祖壽副將許定國在潒內
扎營守自巳帶了副總兵祖天壽尤總兵帶了副

第三十四回　四

59

將尤世威都屯兵在教場裏。以備廝殺。使他不敢圍城。分撥定只見賊東塵頭一片賊兵打着百餘桿五色標旗竟向城奔來早被滿帥督令火器官將噴筒鳥嘴三眼鎗一陣放得人馬彼此不見打死韃子不知多少火器繞完那滿帥飛馬舞刀直衝賊陣這些將官一齊催兵接應鎗箭亂發早把一簡召力兔碑勒一箭着了胸前落在馬下韃兵忙忙救得滿帥大刀已砍來了衆賊見滿帥猛勇一齊攢箭來射滿帥把刀撥去已是身上馬上中

作必死之
心

哭征

了幾箭却不肯退步尤總兵又巳身先將士殺來

策應馬中箭倒了得家了尤德將馬換與尤總兵

尤總兵得了馬又挺身殺入兩箇總兵帶領部下

一千人馬在賊陣中橫冲直撞

喊聲翻地軸。　　殺氣破天閣。

高阜連尸積。　　溪流帶血痕。

直殺到晚賊兵退在東山坡上扎營計點死了一

箇浪蕩寧谷碑勒傷了一箇召力死碑勒殺死了

孤山四箇牛鹿三十餘箇其餘鞋子不可勝計失

三十四回　　五

亡馬匹器械亦不可勝計到次日滿帥又暴露出戰自督着裨將彭纘古與守備朱國儀悄悄安放紅夷大砲向他大寨打去一砲把他一箇大寨打開寨裏外韃子不知打死多少一座大帳房一面白龍旂打得粉碎這干韃子害怕立腳不牢又是錦州趙總兵見他分兵向寧遠欺他城下兵少督兵出戰破了他許多韃子報寨四王子只得退兵滿帥見他纂動衆眷卓兵士追殺又趕殺了他五七里一路虛聲恐嚇各韃子直退肖山東首下營。

變

這一陣瀟帥忘身殉國大破奴兵不惟保全寧遠

就是要困錦州也怕他發兵來戰也不敢久留了

　劍掃狂胡意氣豪　　血痕點點濕征袍

　從教利鏃能穿骨　　鏖戰沙場氣不撓

三十日奴兵俱到錦州將城團團圍住放上三箇

炮喊了三聲趙總兵見他兵圍城不攻也只靜以

待之逼晚奴兵仍退去西南下營自此每日遶逰

騎在城下行走絕錦州出入夜開彈于城下放火

炮攪亂城中趙總兵與左甫總兵不時作城彈壓

長白恨史錄　　三十四回　　六

到初三晚趙總兵率他營中燈火盡絕道這一定

領兵打點攻具。明日來攻城，分付將士嚴加儆

不得懈怠。只見初四日盔甲鮮明時分，馬步轡予可有

數萬，擡有雲梯攻車一齊來攻南門。此時趙總兵

都已預備火炮火礧礌本砲石堆積滿在城上連

忙打下，打得奴兵倏退倏進可也有十數夾平地

也堆得山一般，似城壕也幾乎塡滿城外韃賊尸

首也遍野韃賊就將來焚化了攻至日午卻是四

王子在教塲中張下一座黃慢房自己穿了黃袍

64

督促打城又差一起鉄甲馬兵在後讒兵不上前

的竟自砍殺讒兵又蜂擁來攻還也拿火砲攻打

城墻終是自下攻上難自上打下易自日午攻

打到日西當不得城上偹禦盡不容他推得攻

車雲梯近前都丢在城壕邊自行退去到初更趙

總兵竟差人將他項車雲梯挨牌一把火燒箇盡

盡此時奴兵攻具既無趙總兵城守越堅箇又

縂兵進揳。　聖上又傳奇奴兵既東戎又西花〇

蟲盧兵海上先速行牽制東西之難可以盖相〇

三十四回　　七

萬念著登撫毛帥倘賜寧息皆可一面具體覆奏。

剝島上差人說與他每知會毛帥起豐儞兵馬直

至沿海各處地方移樣登撫從合兵餉三公開諭

西平等處漸有硬奴之局敢兵也自料不惟蹈入。

況又曠日持久恐怕被各處兵所算竟潜自渡河。

又屯精兵于小凌河以漸而去寧錦將斬護輕巖

并進檎賊五十九名獻俘。 聖音于寧遠之捷滿

桂先世祿孫祖壽楊加嫌等希讔概棠牡懷莕房

著分別優敍錦州之搜王之臣鄭先厚黃運太廈

鳳翔闔闢鳴太袁崇煥劻詔中外同心安攘懋績趙

率教左輔朱梅志切同仇功著急難分別優叙自

此開門之氣大振虜鋒可以少息

錦寧之捷足爲中國吐氣令虜不敢正覷然狡

奴不肯甘心自復他圖則大安口之禾所必

有矣何以見不及此

于忠録　三十四回　　八

第三十五回

蹠歸不居寵利　奏辦太息雌黃

雪甲霜戈透骨寒　海隅旄節強登壇

狼烽未見邊陲息　毛舉難禁朝寧彈

三至紛紜成虎易　一身進退似羊難

早知仕路渾如此　悔不西湖理釣竿

古詩有云都笑韓彭與漢室功成不向五湖遊本

太白又道若待功成拂衣丟武陵桃花笑殺人遠

是編干退的若使當國家多事之時人人掛冠人

人束手把　國事變與何人太白之時没簡李郭
侯郭令公唐室何如中興造也只是江湖遊逸的
議論又唐李德裕道揉政柄以禦怨誹者如荷戟
以當彼獸閉關以待暴客若舍戟開關則冠礬立
至遲遲不去者以延一日之命庶幾終身之禍亦
徇奔馬者不可以委轡乘流者不可以去檝不則
天高不聞身遠受禍失巨浪而懸肆去灌木而嬰
羅這幾句聽來可憐是簡不得不進的若簡簡掀
朝廷威福做護身符只知有身家不知有　君國

也不免唐時藩鎮的習氣若在純臣。朝廷用我

有一箇鞠躬盡瘁竭力致死無有二心若到　朝

廷不用流言繁典心難自白不得不去以明心迹

不然熊之岡豈不是一刀兩斷的人看他交代疏

低徊眷戀不忍丟手讓都以垂成之業遜之他人，

然到人言不堪也只得乞歸只得力辨圖非以去

潦巳木豈以去要君當時毛帥以偏裨而一年建

節再進都督　玉音屢頒慰諭極至寵巳極了况

後　賜劍　賜印專制一方剳授叅遊守把權乂

十□□集　三十五回　二

大重了又且通商鼓鑄屯田，把一箇窮荒海嶼做

了箇富庶名邦若使不肖之人處險阻之地又兵

強食足便偏霸一方中國方欲征奴又有蓮教水

薗之亂兵力何能討他聯朝鮮為唇齒豈不可做

一箇夜郎王毛帥處此卟不幸無其心而有其形

無其事而有其理以小人之腹度君子之心也怪

不得人疑因疑自然揣摸出來形之紙筆也便說

到過情田地故他先時把一箇皮島布得星聯碁

罝極富極庶的豈肯讓人況且這島中百姓歸依

的是他兵馬懾伏的是他。

簡來代得就是中國文臣武將日擺歌童舞女大

俸大祿何等不快活却來那海中不怕風濤震驚。

就是干戈櫌攘這樣苦是那簡肯來代得他却要

引身而退但他道不去則心迹不明是明把一簡

皮島做可貪之嚼是明有餉可冒有功而肖是窩

絕人的疑請出王化貞監督以卸自巳担又陳作

巳因歷年苦征惡戰攘成多病乞要体致這豈是

三十五四

明曉得朝廷無代他人把來要換也只是不敢處

危疑之地貧不肖之名。

報國真心天地知。

掛冠早遂宗生願。

投老西湖第一堤。

無奈聖上不久辭職止差內監鎮守他却把一箇

那堪人事故相疑。

稽功核餉之責歸

櫨慮牽制之任歸之自已一箇

盡內臣酒然是非之外了不期

嘉宗晏駕今

上卽位英明神武掃除了逆璫一應內臣盡行撤

同東江之權仍舊獨歸毛帥依然在危疑之地了

馬言路佔
地步

先爲稽查兵馬一節王道臣過海關報止于六千。

毛帥奏稱六千乃守皮島軍兵其餘皇城石城廣

祿鹿島簪子三山長山雲從須彌各島及朝鮮彌

申義州昌城蒲浦各成俱未及閱難以此定餉道

臣也覆奏道是止一處亦是此處精銳六千其餘

老翁還有事雖得明卻自餉一說紛紛起了況且

爭執之間不無憤張傍觀也不能無言難道真如

毛帥辯疏是以熱腸爲國不肯奴顏婢膝得罪朝

端是把簡朝端看做可以情面羈縻貨賄交結的

三十五回　四

書俾是

了不知這人有功于國無罪于國直言侃論人也

相容若這人有罪于國有禍于國便揮金獻諂人

忑不肯容把這話鉗人是挑人來彈激人來論了

所以兩衙門官有道他徵兵徵餉差使驛騷爲登

津淮揚一大害的。有道他請兵請餉詞氣要挾是

跋扈不臣的。有道他足兵足餉負固海隅其意不

可測的。還有道勦襲零星虜賊冒功的有道醬恩

朝鮮。大可褻的。有道他地大兵多尾大不掉的。

薏苡原堪議。弓蛇屬可嶷。

可息兩家之事

防微有深計。　彈射敢遲遲。

這幾節事若說箇不該差人徵調有司便視為緩

務如何得餉得兵若說不驛騷毛帥不能使人人

如自已、怎免得這干人借差生事詞氣要挾處困

極之地不得不急聲火呼以望收說道急不擇音

然告君之體宜慎貞固海隅不在海中何餘牽制

不足兵食在海中也難施牽制之功但在防微處

漸的不得不憂他至說勤零星之虜冒功這也是

邊上常態多發撥夜一掩殺因報大舉入犯臨陣

三十五回　　五

敎殺却零星也是虜有首級便是功說到尾大不

掉也只在毛帥之心不受節制雖孤軍也不爲用

若爲心本　朝勢大更可勢力這紛紛議論　聖

上都不因他生疑況且有一箇極可息疑的議論。

毛帥所以得號召各島以有　天朝的名號朝鮮

所以與他唇齒亦因他是　天朝鎮臣又各島之

富庶不盡是屯田全資　天朝商賈糴糧餉斷不可

少　天朝不惟未嘗有二心原也不敢有二心若

一有異志有如時論所說的不可測大可疑歸奴

諫此異議
可息

見疑歸鮮不受于然孤島坐以待斃知者所不爲
的他秉性忠貞的怎做這樣事但懷忠見疑以貞
得謗此心怎甘恐怎肯置之不辯

身爲非刺的。　　膿滿不平鳴。
肯惜踈封事。　　慇慇悟聖明

所以累次上有一箇奇寃可以令恐事叙自己心
解那冐功跋尾弁那尾不掉不可測的議論道是
六年春奴犯寧遠卽攻海州五月入犯寧錦砍斷
三岔河聯橋七年鐵山之戰身中三矢元年六月

十五張　　三十五回　　六

觸娘

帶疾出哨長山。不必 聖旨激發。不必登津移文。有警即出。未嘗有呼吸不應。未嘗敢策應不前。未嘗虛張聲勢以爲功績。且軍中有以韃婦充韃子以遼民充韃子的。盡行明辨。不令混淆。至于生擒獻 闕下。法司審譯別無假冒。又述自己所以被謗的緣繇。朝中彈射的意思是他性太急。口大直。或因疆場起見。不能容忍。又世爵交際他谿參金幣。絕不通于朝中。又認真執法不以情面敗公事。如此。故觸怒大深。糾彈不少。又乞查勘以息胃觸

之議。聖旨該鎮兵餉巳清。毛文龍當爵賞報著功。

人言自息不必奏該部知道蓋不以他階祿爲

可有可無之物人必竟道我借東江爲貪橫之資

不表我一身爲有功無咎之身人必竟桔束江爲

非刺之的直至把齟陟聽之　朝廷把瑕瑜聽之

議論以效忠無二者聽巳之心志則專制束江不

得說他是貪位慕祿

江東寵深權重囪召議之準。展轉致辯正招嫉

之因存之以見防微杜漸。朝端不可無此深

于忌録　三十五回　七

憂而毛帥可以去可以殺則其心事亦可諒

也、

遼海丹忠錄　卷七

『古本小說集成』72, 上海古籍出版社, 1990.

여기서부터 영인본을 인쇄한 부분입니다. 이 부분부터 보시기 바랍니다.

역주자 신해진(申海鎭)

경북 의성 출생
고려대학교 국어국문학과 및 동대학원 석·박사과정 졸업(문학박사)
전남대학교 제23회 용봉학술상(2019)
현재 전남대학교 인문대학 국어국문학과 교수
BK21플러스 지역어 기반 문화가치 창출 인재양성 사업단장
한국언어문학회 회장

저역서 『요해단충록(1)~(6)』(보고사, 2019)
『무요부초건주이추왕고소략』(역락, 2018)
『건주기정도기』(보고사, 2017)
『심양왕환일기』(보고사, 2014)
『심양사행일기』(보고사, 2013)
이외 다수의 저역서와 논문

요해단충록 7 遼海丹忠錄 卷七

2019년 12월 30일 초판 1쇄 펴냄

지은이 육인룡
역주자 신해진
펴낸이 김흥국
펴낸곳 도서출판 보고사

책임편집 이경민
표지디자인 손정자

등록 1990년 12월 13일 제6-0429호
주소 경기도 파주시 회동길 337-15 보고사 2층
전화 031-955-9797(대표)
　　　02-922-5120~1(편집), 02-922-2246(영업)
팩스 02-922-6990
메일 kanapub3@naver.com/bogosabooks@naver.com
http://www.bogosabooks.co.kr

ISBN 979-11-5516-982-7 94810
　　　979-11-5516-861-5 (set)
ⓒ 신해진, 2019

정가 17,000원